Brigitta Rudolf

AF194312

Cats
&
Crime

Brigitta Rudolf

Cats
&
Crime

Fünf Katzen - Krimis

© 2021 Rudolf, Brigitta
Herstellung und Verlag: BoD – Books on Demand,
Norderstedt

ISBN 9783753444758

Inhaltsverzeichnis:

Die Geistervilla

Dass unser neues Zuhause schon lange nicht mehr von Menschen bewohnt ist, das kann man auf den ersten Blick erkennen, aber das ist uns gerade recht. Wir, das sind Kater Panino und sein Bruder Titus, sowie Lady Mouse, und meine Wenigkeit wird Beppo gerufen. Das Schicksal hat uns zusammengeschweißt, und bisher hatten wir nicht viel Glück im Leben. Panino und Titus sind von ihrer Familie ausgesetzt worden, als sie keine Lust mehr hatten, sich um die zwei zu kümmern. Lady Mouse hat sich selbst von ihren Menschen verabschiedet, weil die sich gleich zwei Riesenbabys ins Haus geholt haben, mit denen sie sich ganz und gar nicht verstand. Ist ja auch nicht so leicht für eine Katze gleich mit zwei Hunden auszukommen, vor allem, wenn die sich gegen sie verbünden. So große Hunde gegen eine kleine Katze, das war wirklich unfair. Und ich, der Beppo, bin lange Zeit mit Detlef rumgezogen, aber seitdem er sich zu Tode gesoffen hat, muss ich leider allein zurechtkommen. Mit Detlef war ich das Leben auf der Straße gewöhnt, denn ein festes Zuhause hatten wir beide nie. Aber mich so ganz und gar allein durchs Leben zu schlagen, das war denn doch nicht so einfach. Deshalb war ich froh, als ich Lady Mouse traf, sie ist echt clever, das muss ich sagen. Ich habe viel von ihr gelernt. Sie war es auch, die unser Zuhause entdeckt hat. Zum Glück sogar noch rechtzeitig vor der kalten Jahreszeit. Jetzt wohnen wir seit Kurzem in diesem verlassenen Haus am Ende einer kleinen Straße am Fluss. Früher war es bestimmt mal eine Villa, in der reiche Leute gewohnt haben. Inzwischen verfällt sie aber mehr und mehr. Die Front ist ganz mit Efeu überwuchert und hat zur Gartenseite im oberen Stockwerk einen Anbau aus Glas. Der wird von zwei Säulen getragen. Lady Mouse nennt diesen Teil des Hauses den „Wintergarten". Es stehen auch tatsächlich noch einige große Töpfe mit Grünpflanzen darin. Die sind allerdings schon völlig ausgetrocknet und arg verstaubt. Mehrere Korbsessel und ein wackeliger Tisch sind auch noch da. Das Geflecht der Sessel ist brüchig und knarrt ein wenig, wenn man hineinspringt, aber das stört uns nicht weiter. Lady Mouse sagt, ihre frühere Familie hatte ebenfalls einen Wintergarten, in dem sie sich gern aufgehalten hat, bevor die Hunde ihr den verleidet haben. Im Erdgeschoss unseres Hauses sind mehrere Fenster kaputt, und die meisten Scheiben des Wintergartens sind geborsten. Einige fehlen sogar ganz, aber das stört uns nicht weiter. Es ist trotzdem ein gemütlicher Ort, das finden wir alle. Deshalb halten wir uns häufig dort auf. Die anderen Räume sind teilweise ebenfalls noch möbliert, und ich glaube, die Bewohner des Hauses sind seinerzeit sehr hastig aufgebrochen und wollten oder konnten nur einen Teil ihrer Habe mitnehmen. Da gibt es zum Beispiel offene Schränke, in denen noch einige Kleidungsstücke hängen. In dem Ort, den die Menschen ihre Küche nannten, stehen etliche alte Töpfe und Pfannen. In den offenen Regalen des kleinen Nebenraumes fanden wir sogar noch einige alte Dosen. Möglicherweise wäre der Inhalt für uns noch zu gebrauchen, aber leider kriegen wir die ja nicht auf. Weil in mehreren Räumen noch Möbel stehen, haben wir alle mehr als genug Platz, wenn wir uns mal von den Anderen zurückziehen möchten. Die weichen Sofas eignen sich ganz wunderbar, um darauf ein Schläfchen zu machen, selbst wenn der Stoff ziemlich abgewetzt ist, aber uns stört das nicht im Geringsten. Im Gegenteil, so luxuriös habe ich noch nie gewohnt, aber ich bin ja auch nicht sehr verwöhnt. Einen großen Garten haben wir übrigens auch. Natürlich ist der verwildert, aber auch das ist uns gerade recht. Gerade deshalb gibt es dort so viele schöne Plätze zum Verstecken oder um den Mäusen aufzulauern. Von irgendwas müssen wir schließlich leben. Und Mäuse sind nun mal für uns Katzen die beste und gesündeste Kost. Trotzdem finde ich es immer wieder beeindruckend, wie Lady Mouse auch woanders Beute macht, die sie dann getreulich mit uns teilt. Sie weiß genau wo sie etwas abstauben kann. So kennt sie einen Kellner in einem Lokal, der ab und zu Essensreste für sie an die

Hintertür stellt. Sie war es auch, die rausgefunden hat, dass einmal in der Woche Markttag ist. Da können sich die Menschen mit frischem Obst, Gemüse, Brot, sowie Fisch und Fleisch eindecken. Wenn die Stände mittags wieder abgebaut werden, finden sich darunter oft Reste, die uns schmecken. Leider sind nicht alle Marktbeschicker Katzenfreunde. Manche jagen uns fort, wenn sie uns sehen, aber die meisten sind freundlich, und der nette Fleischer hebt uns sogar immer extra ein paar Reste auf. Den mögen wir natürlich besonders gern, keine Frage! Seitdem wir in der alten Villa wohnen, haben wir ein recht gutes Leben.

In das Haus nebenan ist vor einigen Wochen eine Familie mit zwei Kindern eingezogen. Die beiden Mädchen waren schon zum Spielen hier. In unserem Garten gibt es nämlich auch Obststräucher. Die Brombeeren sind reif, und die schienen den beiden besonders gut zu schmecken. Sei es ihnen gegönnt, für uns ist das ohnehin nichts. Die Kinder waren sehr neugierig, und als sie gemerkt haben, dass sich die Haustür ganz leicht öffnen ließ, kamen sie sogar herein. Ich glaube, sie fanden es spannend, in allen Zimmern herum zu laufen und in den alten Sachen zu stöbern. Sie zogen sich einige der viel zu großen alten Kleider an, dachten sich Geschichten dazu aus und kichern die ganze Zeit über. Sie haben uns noch nicht entdeckt, und ich bin mir auch nicht sicher ob wir ihnen das gestatten sollen oder besser nicht. Bis jetzt denken sie ja, dass die alte Villa unbewohnt ist. Als sie von ihrer Mutter zum Abendessen gerufen wurden, sind die beiden Mädels ganz schnell wieder nach draußen gerannt. Ich habe genau gehört, wie die größere Schwester zur kleineren sagte: „Dass wir in dem Haus gespielt haben, das muss unser Geheimnis bleiben. Wir bekommen sonst sicher Ärger. Ich glaube nicht, dass es Mama und Papa recht wäre, wenn sie das wüssten."

Das kleinere Mädchen nickte, und fort waren sie. Nun haben wir beraten, wie wir in Zukunft damit umgehen wollen, wenn die beiden Kinder demnächst öfter hierher kommen sollten. Auf die Dauer werden wir uns ganz sicher nicht vor ihnen verstecken können.

„Vielleicht mögen sie Katzen und bringen uns öfter was Feines mit", schlug Titus vor. „Kinder sind ja meistens sehr tierlieb", setzte er hinzu.

Er ist mit Abstand der Gefräßigste unter uns, das muss an dieser Stelle mal erwähnt werden.

„Aber, was ist, wenn sie keine Katzen mögen und uns verjagen?", gab Lady Mouse zu bedenken.

Panino schaute ebenfalls zweifelnd drein. Er ist, ebenso wie ich, sehr vorsichtig, wenn es um den Kontakt mit Menschen geht. Schließlich einigten wir uns darauf, dass die Kinder zuerst Lady Mouse zu Gesicht kriegen sollten. Sie ist nun mal die Hübscheste von uns, mit ihrem schwarz und braun gesprenkelten Pelz. Außerdem ist sie sehr schnell und kann sofort losflitzen, wenn sie merkt, dass Gefahr droht. Ein paar Tage lang geschah nichts. Aber dann wurde ich durch ein leises

Geräusch aus meinem Mittagsschläfchen gerissen. Die Haustür wurde geöffnet, und ich hörte das Trippeln kleiner Füße. Lady Mouse, die direkt neben mir auf unserem Lieblingsplatz im Korbsessel döste, hob auch sofort den Kopf und lauschte.

„Ich glaube, es ist soweit", flüsterte sie, räkelte sich und stand auf, um nach dem Rechten zu sehen. Während ich mich auf die Suche nach Titus und Panino machte, um ihnen zu sagen, dass sie sich vorerst besser nicht blicken lassen sollten. Die beiden schliefen im Nebenraum, waren aber ebenfalls aufgewacht.

„Los, verkrümelt Euch", sagte ich.

Dann huschten wir schnell in verschiedene Richtungen davon, um uns zu verstecken.

„Oh, eine Katze, wie süß!", hörte ich eine helle Mädchenstimme.

Gleich darauf eine zweite: „Hallo kleine Mieze, wo kommst Du denn her?"

„Ich wohne hier", maunzte Lady Mouse, aber das verstanden die beiden Kinder natürlich nicht. Aber sie waren hörbar begeistert von meiner Freundin, daher wagte ich mich ebenfalls aus meinem

Versteck hervor.

„Guck mal, da ist ja noch eine", staunte das kleinere Mädchen.

Lady Mouse ließ sich inzwischen von ihrer Schwester streicheln. Sie schaute mich an und schnurrte beruhigend. Das andere Mädchen streckte ebenfalls seine Hände aus, um nach mir zu greifen, aber das ging mir doch zu schnell, und ich wich lieber ein Stück zurück.

„Du musst doch keine Angst vor mir haben!", sagte das Mädchen und ging ganz vorsichtig wieder einen Schritt auf mich zu. Da Lady Mouse Entwarnung gegeben hatte, ließ ich mich ebenfalls kurz von ihr streicheln, aber dann hatte ich genug. Lady Mouse erging es wohl ähnlich, denn sie entzog sich den liebkosenden Händen des anderen Mädchens genauso wie ich. Wir liefen gemeinsam nach draußen, denn die beiden hatten die Haustür offengelassen. Unser privater Eingang ist ein kaputtes Kellerfenster, das auf der Rückseite des Hauses liegt, deshalb kamen wir auf dem Wege wieder, von den beiden Schwestern unbemerkt, zurück ins Haus.

„Also, das wäre geschafft", erklärte Lady Mouse, als wir drinnen waren.

Wir hörten, wie die Mädchen noch eine Weile spielten, aber dann liefen sie wieder hinaus, und wir hatten unser Reich wieder für uns. Panino und Titus waren aus ihren Verstecken hervorgekommen, und wir mussten genau berichten, wie die Mädchen reagiert hatten.

„Wenn sie das nächste Mal kommen, dann sollten sie Euch auch kennenlernen", schlug Lady Mouse vor.

Titus war sofort begeistert, aber Panino schaute immer noch ängstlich drein.

„Mal sehen...", meinte er.

„Wir sind die Herren dieses Hauses, das müssen wir klarstellen!", sagte Lady Mouse bestimmt.

Na, wie sie das machen wollte, das würde mich doch interessieren. Ich kenne die Menschen; im Zweifel sind sie uns überlegen, körperlich auf jeden Fall – leider! Aber nun hatten die beiden Mädchen gesehen, dass dieses Haus keineswegs leer stand, sondern von Katzen bevölkert war, und ich glaubte nicht, dass sie dieses Geheimnis lange für sich behalten würden. So war es auch. Schon am späten Nachmittag kamen die beiden Mädchen zurück. Dieses Mal hatten sie ihre Eltern im Schlepptau.

„Wo sind denn nun die beiden Katzen, Clara?", fragte ihr Vater das größere Mädchen.

„Sollen wir uns blicken lassen oder besser nicht?", fragte ich Lady Mouse. Panino und Titus waren draußen im Garten. Wenn sie die Familie gesehen hatten, würden sie vermutlich ohnehin vorsichtshalber erst mal außer Sichtweite bleiben.

„Wenn wir uns jetzt nicht outen, dann kommen sie sowieso ein anderes Mal wieder. Ich finde, wir können es genauso gut jetzt hinter uns bringen", antwortete meine Lebensgefährtin.

Daher liefen wir zusammen die breite Treppe hinunter nach unten. Die Eltern der beiden Mädchen standen im Flur, während die Kinder in den Zimmern nach uns suchten und riefen: „Miezen, wo seid Ihr? Kommt doch bitte mal her."

„Hier sind sie", lachte ihr Vater, als er uns

sah.

Das ist ein recht großer Mann, und er hat ein freundliches Gesicht. Er beugte sich zu meiner Freundin hinunter und sagte: „Du bist ja eine hübsche Katze!"

Frechheit, da kommt so ein fremder Kerl und beginnt gleich damit meiner Lady Mouse schön zu tun, dachte ich ein wenig beleidigt.

„Da hast Du recht, aber ich finde die andere Katze ebenfalls entzückend mit ihrem grauen Pelz und dem weißen Lätzchen", antwortete seine Frau.

Als ich das hörte, war ich wieder versöhnt. Trotzdem sollten sie sich nicht einbilden, dass wir umziehen würden. Außerdem waren ja auch noch Panino und Titus da, um die wir uns kümmern mussten.

„Dürfen wir ihnen etwas zum Fressen hinstellen?", fragte die jüngere Schwester.

„Wir haben im ganzen Haus keine Fressnäpfe gesehen, sicher gehören die Katzen niemandem. Bitte Paps, dürfen wir sie adoptieren?", bettelte sie.

Das wurde mir nun doch zu bunt. So einfach lasse ich fremde Menschen nicht über mein Katerleben bestimmen. Gerade wollte ich ärgerlich protestieren, als ich hörte, wie ihr Vater sagte: „So einfach ist das nicht, Hanna. Aber Ihr könnt ihnen jederzeit draußen etwas hinstellen. In unserem Haus möchte ich sie allerdings nicht haben, außerdem weißt Du doch, dass wir gerade erst eingezogen sind. Einige Zimmer müssen noch renoviert werden, momentan hätten wir gar keine Zeit uns regelmäßig um sie zu kümmern."

„Wenn man ein Haustier zu sich holt, dann übernimmt man gleichzeitig eine enorme Verantwortung und muss ihm viel Zeit widmen. Noch sind Ferien, aber wenn die Schule in drei Wochen wiederbeginnt, dann habt Ihr ohnehin genug zu tun. Lasst die Katzen lieber wo sie sind", ergänzte seine Frau. „Und nun kommt, wir haben noch zu tun", bestimmte sie.

Kurz nachdem sie fort waren, tauchten auch Panino und Titus aus ihrem Versteck im Garten auf.

„Hat es etwa Ärger gegeben?", erkundigte Panino sich ängstlich.

„Nee, Ärger nicht, aber nun wissen sie alle, dass wir hier sind", sagte ich.

„Die Mädchen wollten uns sogar bei sich einziehen lassen", berichtete Lady Mouse zum Erstaunen der Katzenbrüder.

Erschrocken hob Panino den Kopf, aber bevor er dagegen protestieren konnte, beschwichtigte ich ihn: „Keine Sorge, die Eltern der Mädchen wollen das sowieso nicht, aber sie dürfen uns füttern. Das ist doch gut oder?"

Panino sah immer noch nicht begeistert aus, im Gegensatz zu seinem Bruder Titus.

„Kriegen wir jetzt von denen regelmäßig Futter?", fragte er erfreut.

„Das glaube ich weniger, aber ab und zu vielleicht mal ihre Reste", meinte Lady Mouse. „Außerdem kenne ich das. Bei vielen Kindern vergeht die anfängliche Begeisterung schnell, wenn Ihnen die Verantwortung zu viel wird. Warten wir mal ab was geschieht."

Ich konnte ihr nur zustimmen.

Aber erfreulicherweise hatten wir uns geirrt. Seit dem Tag kamen Hanna und

Clara tatsächlich regelmäßig hierher. Sie brachten uns frisches Wasser oder die Reste ihrer Mahlzeiten. Ab und zu hatten sie sogar von ihrem Taschengeld einige Dosen Katzenfutter gekauft – das waren natürlich immer ganz besondere Festtage für uns! Langsam aber sicher hatte sogar Panino seine Angst überwunden, und die Mädchen wussten nun, dass insgesamt vier Katzen in der „Geistervilla", so nannten sie unser Zuhause, wohnten. Von uns aus hätte es für immer so weitergehen können. Leider hat, wie so oft, alles Schöne mal ein Ende. Es begann damit, dass mir aufgefallen war, dass sich seit einigen Tagen ein Mann in unserer Straße rumtrieb, den keiner von uns je zuvor gesehen hatte. Er machte von Anfang an keinen allzu guten Eindruck auf mich. Außerdem war seine Kleidung schmutzig und zerrissen. Aber was mir noch mehr auffiel, war die schlichte Tatsache, dass er sich immer sofort verdrückte, wenn andere Menschen auftauchten. Einmal schlüpfte er schnell in unseren Garten und rüttelte an der Kellertür. Die sprang quietschend auf, und weil ich gute Ohren habe, war mir gleich klar, dass er bestimmt ins Haus geschlüpft war, um es auszukundschaften. Vorsichtig schlich ich in den Keller und sah, dass der ungepflegte Kerl sich dort umsah. Auch durch meine Gegenwart ließ er sich nicht stören. Im Gegenteil, er sah sich in jedem Raum gründlich um. Und obendrein hatte er dann sogar noch die Kühnheit mir zu sagen: „Na, da habe ich ja Glück gehabt. Ich dachte es mir doch: Dieses Haus wird sich für unsere Zwecke bestens eignen. Keine Sorge Miezekatze, Du störst uns nicht!"

Vor lauter Empörung blieb mir in dem Augenblick leider jede Erwiderung im Hals stecken. Am liebsten hätte ich ihm kräftig meine Meinung gegeigt! Was fiel dem denn ein, mich, einem in Ehren ergrauten Kater, einfach als Miezekatze zu titulieren - eine Frechheit war das! Aber ehe ich mich gefasst hatte, war er schon wieder verschwunden. Dummerweise war ich zu dem Zeitpunkt allein im Haus, so konnte ich meinen Ärger über diese rüde Behandlung so schnell nicht loswerden.

Als Erste kam Lady Mouse zurück. Sie hatte von ihrem Freund, dem Kellner, einen dicken Fisch geschenkt bekommen und brachte ihn mit nach Hause, damit wir alle etwas davon hatten. War auch gut, denn als die zwei Brüder dann wieder auftauchten, kamen sie mit leeren Pfoten. Für uns alle war der Fisch natürlich nicht mehr als eine Vorspeise, aber für den Augenblick reichte es. Später könnten wir gemeinsam im Garten noch einmal auf die Jagd gehen, meinte Lady Mouse begütigend, als Panino uns umständlich erzählte, wie sehr er und Titus sich bemüht hatten etwas zum Fressen für uns alle aufzutreiben. Die Mädchen waren an diesem Wochenende mit ihren Eltern weggefahren, das wussten wir. Aus der Richtung war für den heutigen Tag leider nichts mehr zu erwarten. Und dann erzählte ich von der Begegnung mit dem unheimlichen Kerl, der einfach in unser Haus eingedrungen war und mich zudem noch als Miezekatze beschimpft hatte. Ich war wirklich beleidigt.

„Oh je, das hört sich nicht gut an", fand

Lady Mouse.

Panino und sogar Titus schauten ebenfalls reichlich verstört aus der Wäsche, aber was geschehen war, das war nun mal geschehen. Wir konnten nichts weiter tun als abwarten was nun passieren würde.

Darauf mussten wir nicht lange warten. Schon am nächsten Nachmittag war der blöde Kerl wieder da. Offenbar hatte er auch unsere Nachbarn ausspioniert und gesehen, dass sie verreist waren. Denn er parkte sein uraltes Auto ganz frech mitten in der Einfahrt unserer Villa. Dann stieg er mit seinem ebenfalls recht unangenehm aussehenden Kumpel aus.

„Ich habe es doch gesagt", begann er zu erklären, „dieses alte Haus ist ideal für unsere Zwecke! Hier ist seit Ewigkeiten niemand mehr gewesen." Sein Freund nickte verstehend, und dann begannen sie einige Sachen aus dem Wagen in den Keller zu tragen. Panino und Titus hatten sich schon aus dem Staub gemacht, als sie die Stimmen der Männer hörten, aber Lady Mouse und ich wollten natürlich wissen, was die zwei im Schilde führten. Nachdem sie allerhand komisches Zeug in den größten Kellerraum gebracht hatten, begannen sie damit aus den Einzelteilen eine Maschine zusammenzusetzen. Zu welchem Zweck sie uns so ein Ding in den Keller gestellt hatten, das ahnten wir natürlich nicht, sondern rätselten was weiter geschehen würde. Nachdem die Kerle mit ihrer Klapperkiste wieder abgefahren waren, kamen auch Titus und Panino zurück.

„Was ist denn das?", fragte Panino.

„Eine Höllenmaschine", antwortete ich.

„Die kommen ganz sicher bald wieder", befürchtete Lady Mouse.

Nachdem wir das Ding in Augenschein genommen und es gründlich beschnüffelt hatten, waren wir trotzdem nicht schlauer als vorher. Aber dann hörten wir, wie sich die Kellertür erneut öffnete. Vor lauter Schreck stoben wir schnell davon, um uns zu verdrücken. Die Kerle waren schneller zurückgekommen als wir gedacht hatten. Lady Mouse und ich hatten gemeinsam im Flur in dem großen Schrank Zuflucht gesucht. Die Türen hingen ja ein wenig schief in den Angeln, aber das störte uns nicht. Aus unsrem Versteck konnten wir gut beobachten, was weiter geschah. Die Männer hatten zuerst mal ihr altes Auto fortgebracht. Sicher, damit keiner auf die Idee kam, nachzusehen was sie hier taten. Das konnte eigentlich ja nur etwas Verbotenes sein, vermutete ich. Und dann begannen sie die Maschine in Gang zu setzen. Sie legten leere Papierbögen ein, und fummelten eine Weile daran herum. Dabei drehten sie mehrere Walzen hin und her, schoben eine Platte zur Seite, und irgendwann begann die Maschine zu wackeln und zu brummen. Wenig später spuckte sie einige bedruckte Bögen wieder aus.

Ich hatte schon Angst, gleich würden wir alle mitsamt diesem Ding in die Luft fliegen, als der eine Kerl triumphierend ausrief: „Es klappt, schau her, es klappt! Wir werden reich!"

Und dann zogen sie einen bedruckten Papierbogen nach dem anderen aus der Höllenmaschine. Beide führten sich auf wie Betrunkene. Sie fielen sich gegenseitig um den Hals und lachten und grölten dabei vor lauter Freude. Was konnte das nur bedeuten?

Aber Lady Mouse, ich sagte es ja schon, sie ist wirklich clever, wusste Bescheid.

„Die haben hier, in unserem Keller, eine Fälscherwerkstatt eingerichtet und drucken nun jede Menge Geldscheine", raunte sie mir zu.

Einer der Männer war zur Seite gegangen, und begann die fertigen Bögen sorgfältig mithilfe einer anderen Maschine, die sie mitgebracht hatten, zu zerschneiden. Ein dickes Bündel Scheine lag schon neben ihm.

„Der Boss wird sehr zufrieden mit uns sein", meinte der Ganove, der zuerst hier aufgetaucht war.

„Ja, das denke ich auch, aber von diesen ersten Probedrucken muss er ja gar nichts wissen. Es reicht, wenn wir ihm morgen alles zeigen", schlug sein Kumpan listig vor.

„Du meinst, wir können uns erst mal die Taschen füllen, bevor wir ihm sagen, dass es funktioniert? Der ist glatt imstande und macht uns kalt, wenn er dahinterkommt!"

„Nee, wenn wir beide die Schnauze halten, wird er das nicht erfahren. Wir müssen uns nur einig sein."

„Ja, Du hast recht, so könnte es klappen. Er hat ja noch die restlichen Druckplatten für die großen Scheine. Und, dass Du vorab schon einiges an Rohmaterial abgestaubt hast, das hat er hoffentlich nicht gemerkt."

„Doch, er hat mir ja selbst mehrere Blätter gegeben und gesagt, wir sollen es mal ausprobieren. Aber ich bin anschließend noch mal zurückgegangen und habe mir noch einige Bögen zusätzlich geschnappt, das hat er nicht mitgekriegt. Und abgezählt waren die Probebögen auch nicht, die hat er mir nämlich spontan gegeben. Aber wir müssen trotzdem aufpassen und dürfen nicht zu viel für uns abzweigen", warnte er seinen Komplizen.

„Schon klar", sagte der lässig.

Ich fühlte mich in unserem Versteck immer unbehaglicher. Am liebsten wäre ich gleich aufgesprungen und nach draußen an die frische Luft gerannt, aber Lady Mouse hielt mich zurück. Zum Glück mussten wir nicht mehr lange warten, denn die Männer hatten schon bald keine unbedruckten Papierbögen mehr. Nachdem sie die fertigen Scheine sortiert und entsprechend aufgeteilt hatten, stopften sie sich ihre Hosentaschen voll, nahmen aber den größten Rest der Geldscheine für ihren Boss mit. Anschließend stapften sie nach draußen, und wir waren heilfroh endlich wieder allein zu sein.

„Das können wir doch nicht zulassen!", schnaubte ich wütend.

„Natürlich hast Du vollkommen recht, aber was können wir tun?", fragte Lady Mouse und schaute mich ratlos an.

„Wir müssen unbedingt dafür sorgen, dass diese Verbrecher erwischt werden! Sonst werden wir die nie mehr los."

„Gute Idee, aber wie?"

„Na, das ist doch ganz einfach, wir müssen es irgendwie hinkriegen, dass Clara und Hanna oder noch besser ihre Eltern die Ganoven auf frischer Tat ertappen", schlug ich mutig vor.

Lady Mouse wiegte ihr bezauberndes Köpfchen hin und her. Dann sagte sie: „Aber ist das nicht gefährlich?"

„Das könnte sein, aber hast Du eine bessere Idee?", fragte ich zurück.

Nein, die hatte sie natürlich nicht. Und wir beschlossen, wenn Titus und Panino zurück sein würden, erst mal Kriegsrat zu halten und gemeinsam zu beschließen was geschehen sollte. Aber in einem waren wir beide uns völlig einig: Wir würden unser Zuhause keinesfalls kampflos diesen bösen Menschen überlassen!

Ausgerechnet heute blieben die beiden Brüder lange fort, Lady Mouse begann sich schon Sorgen um sie zu machen, als wir endlich das leise Tappen ihrer Pfötchen hörten. Sie hatten in einem der Gärten in der Nachbarschaft lange vor einem Mauseloch gesessen, aber irgendwann entmutigt aufgegeben, nachdem sich niemand hatte blicken lassen. Zum Glück hatten Clara und Hanna uns reichlich Trockenfutter dagelassen, bevor sie mit ihren Eltern fortgefahren waren. Nachdem Titus und Panino sich gestärkt hatten, zeigten wir ihnen was sich inzwischen im Keller getan hatte. Panino wollte am liebsten gleich ausziehen.

„Wenn das böse Männer sind, dann werden sie uns bestimmt etwas antun", jaulte er.

Er ist und bleibt halt ein kleiner Schisser. Aber sein Bruder Titus, der ist mutiger. Er fand auch, dass wir unser Zuhause auf keinen Fall verlassen sollten.

„Die Eltern von Hanna und Clara werden uns sicher helfen, wenn sie können", sagte meine bessere Hälfte ermutigend.

„Was können die gegen solche Verbrecher denn schon ausrichten?", fragte Titus bekümmert.

„Das werden wir sehen. Außerdem müssen sie erst mal zurück sein. Bis dahin sollten wir uns am besten nicht sehen lassen, wenn die Männer wiederkommen", fand ich.

Das würde bestimmt nicht lange dauern, denn die zwei hatten ja davon gesprochen, dass sie morgen ihren Boss mitbringen und ihm ihr Versteck zeigen wollten.

Richtig, lange mussten wir nicht warten,

schon am nächsten Vormittag war es soweit. Die Kerle waren nicht mal leise, als sie das Haus betraten. Wahrscheinlich hatten sie mitbekommen, dass derzeit nebenan auch keiner zuhause war. Sogar das Auto wurde ganz dreist in unserem Vorgarten geparkt, weil sie sich völlig sicher fühlten. Dann schleppten sie erneut mehrere Metallplatten und Berge von Papier ins Haus und richteten sich im Keller häuslich ein. Zwischendurch wechselten sie die Druckplatten und schoben andere Farbpatronen in das Gerät. Stunde um Stunde ratterte die riesige Gelddruckmaschine, und ich befürchtete fast, sie würde nie mehr aufhören. Die bunten Scheine wurden auseinander geschnitten, gebündelt und ordentlich in Kisten gepackt. Das alles konnten wir aus unserem Versteck beobachten. Außerdem roch der ganze Raum jetzt stark nach Druckerfarbe, und Lady Mouse rümpfte darüber ihr hübsches Näschen. Der Geruch war aber auch eklig, jedenfalls für uns Katzen.

„So, für heute ist es genug. Wir müssen

erst mal diese Scheine unter die Leute bringen", hörte ich ihren Chef sagen.

„Aber die Platten und die Maschine, die können wir doch stehen lassen oder? Hierher verirrt sich doch sonst niemand", meinte einer der Männer.

„Nee, das glaube ich auch nicht. Ich habe die Immobilienangebote durchforstet. Die Hütte steht nicht mal zum Verkauf", antwortete der kleine, dicke Kugelblitz. Das war der Mann, den die beiden anderen Chef genannt hatten.

„Wir müssen irgendwie an ein Bündel Scheine kommen, Beppo", wisperte Lady Mouse.

„Wie sollen wir das denn anstellen?", fragte ich zurück.

Aber sie hatte recht, mit dem Geld, und wäre es auch nur ein Schein, könnten wir beweisen, dass es Falschgeld war, das hier in großen Mengen gedruckt wurde.

„Pass auf, wir lenken sie ab und Du schnappst Dir ein Bündel, ehe sie alles verpackt und weggebracht haben", schlug Lady Mouse vor. „Und Ihr müsst mir helfen", sagte sie streng zu Panino und

Titus. Dann erklärte sie ihnen was sie tun sollten. Die beiden nickten. Ich konnte nur hoffen, dass es klappen würde, war aber ebenso wie die Anderen wild entschlossen, unsere Chance zu nutzen.

Gesagt getan. Die tapfere Lady Mouse wartete bis der Boss und einer der Männer einen Teil ihrer Beute nach draußen brachten. Dann spazierte sie, einfach so, zum Ort des Geschehens - die beiden Jungs im Schlepptau. Sie maunzte den Kerl, der zurückgeblieben war, frech an.

„Was ist das denn? Gibt es hier etwa noch mehr Katzen in der Nachbarschaft?", wunderte er sich.

Mich hatte er ja schon mal gesehen, aber als harmlos eingestuft – von wegen, dachte ich. Währenddessen drehte sich Lady Mouse vor seiner Nase hin und her und tat so, als wollte sie von ihm gestreichelt werden. Aber, sobald er seine Pranke nach ihr ausstreckte, wich sie geschickt ein Stück zurück. Panino und Titus sprangen währenddessen auf den Tisch, auf dem die Geldbündel lagen und warfen mehrere davon auf den Fußboden. Dabei flatterten die Scheine durch den ganzen Raum.

„Hey, was macht Ihr verflixten Biester denn da?" rief der Mann ärgerlich.

Aber es war zu spät, denn schon preschte ich vor, schnappte mir ein Bündel und rannte so schnell ich nur konnte durch die geöffnete Kellertür nach draußen. Dabei verlor ich einige Scheine, aber das störte mich nicht weiter. Die Hauptsache war, ich konnte am Ende genug davon retten, um später den Betrug beweisen zu können. Lady Mouse deckte zuerst den Rückzug von Panino und Titus und rannte dann hinter ihnen her. Das Ganze ging rasend schnell, und ich war wirklich stolz auf meine Familie! Sogar der ängstliche Panino hatte nicht gekniffen. Ich hörte noch aus der Ferne, wie auch der dritte Mann aus dem Haus kam und laut fluchte. Mein Plan sah vor, uns in dem kleinen Wäldchen am Fluss zu treffen, aber erst mal sollte jeder eine andere Richtung einschlagen, damit die Kerle es schwerer hatten uns womöglich zu verfolgen. Wenn man mit so einer kostbaren Last im Mäulchen laufen muss, dann ist man nicht so schnell wie sonst, und unterwegs hatte ich auch noch einige Scheine verloren. Als ich an der verabredeten Stelle ankam, wartete meine Familie schon auf mich. Vor lauter Erschöpfung ließ ich die restlichen Scheine fallen und legte vorsichtshalber meine Pfote darauf, damit sie nicht fortwehen konnten.

„Das wäre geschafft", keuchte ich, immer noch ein wenig außer Atem.

„Das hast Du prima gemacht, Beppo", lobte mich Lady Mouse.

„Ach was, ohne Eure Hilfe hätte ich das nie geschafft. Ich bin sehr stolz auf Euch alle!", gab ich das Kompliment zurück.

„Meinst Du, wir können bald zurück in unser Haus?", fragte Panino ängstlich. Sein Heldenmut war leider schon wieder verflogen.

„Wir sollten uns erst vergewissern, dass die Männer nicht dort auf uns warten", entschied ich nach einiger Überlegung.

„Und die Scheine sollten wir auf jeden Fall lieber woanders verstecken", meinte Lady Mouse. „Sonst war womöglich alles umsonst. Außerdem darf das Versteck nicht zu weit weg sein, sonst kriegen wir die Mädchen nie dazu, mit uns dorthin zu kommen", setzte sie hinzu.

Das stimmte. Daher kamen wir überein, dass sie mit Titus das Haus beobachten sollte, während ich, zusammen mit Panino, im Nachbargarten ein passendes Versteck für das Geld suchen wollte. Auf dem Weg dorthin hatte ich plötzlich sowas wie einen Geistesblitz. Ich wusste, dass die Eltern der Mädchen unter ihrem Carport einige Gießkannen stehen hatten. Vielleicht war eine davon leer, und wir konnten das Geld darin deponieren. Wenn wir es schaffen würden, unsere Beute darin zu verstecken, das wäre prima, fand ich. Wir mussten es einfach riskieren. Panino und ich warteten noch eine Weile, und dann schlichen wir uns auf Umwegen zurück. Der Wagen der Geldfälscher stand immer noch in der Einfahrt, aber von Titus und Lady Mouse war weit und breit nichts zu sehen. Die waren bestimmt in der Nähe, vermutete ich. Egal, Panino und ich hatten jetzt Wichtigeres zu tun. Im Schatten der Büsche schlugen wir uns vorsichtig, und zum Glück unbemerkt, bis zu dem Carport des Nachbargrundstücks durch. Zu unserem Glück war dieser Teil des Gartens weder von der Straße noch von nebenan einsehbar. Dort legte ich die restlichen Geldscheine ab, und gemeinsam stopften wir sie in eine leere Gießkanne. Das war eine äußerst mühselige Angelegenheit, schließlich sind unsere Pfötchen für sowas nicht gemacht, aber endlich hatten wir es geschafft und sahen uns zufrieden an. Nun wollte ich aber wissen, wie es Titus und meiner Liebsten ergangen war. Deshalb befahl ich Panino zurückzubleiben und auf mich zu warten. Doch halt, nebenan tat sich etwas. Also blieben wir beide erst mal sitzen und stellten die Öhrchen auf, um zu lauschen. Der Mann, den sie Chef genannt hatten, war immer noch sehr aufgebracht. Er hielt einen Karton in der Hand und schrie seinen Helfer an: „Es geht nicht um ein paar verlorene Scheine, aber wenn wir dadurch auffliegen, dann Gnade Dir Gott, Freundchen!"

Der Angesprochene duckte sich und murmelte: „Ich weiß ja selbst nicht, wie mir das passieren konnte, aber diese Katzenbiester waren einfach da und haben mich überrumpelt."

„Soweit können Katzen doch gar nicht denken, Du Schwachkopf", donnerte sein Boss ihn an.

Von wegen, dachte ich. Wir sind viel schlauer, als Dir lieb ist. Und auch seine Helfershelfer waren eindeutig nicht die hellsten Lichter auf der Torte, das war mir völlig klar. Trotzdem atmete ich erleichtert auf, als wir sahen, dass die drei in ihren Wagen stiegen und abfuhren. Dann schob ich mich durch die Hecke, um nach Titus und Lady Mouse zu schauen, die mir schon entgegengelaufen kamen.

„Alles klar?", fragte ich.

„Natürlich", erwiderte Lady Mouse zufrieden. „Aber, wo ist Panino?", fragte sie alarmiert.

„Hier bin ich", hörten wir sein zartes Stimmchen.

Natürlich hatte er auch gesehen, dass der Wagen vom Hof gerollt war und war mir gefolgt.

„Na los, jetzt stärken wir uns erst mal, und

dann erzählen Titus und ich Euch was wir gesehen und gehört haben", schlug Lady Mouse vor.

Das war ein guter Einfall, fand ich. Also stiefelten wir alle zusammen nach oben in den Wintergarten, denn dort wurden wir von Hanna und Clara immer gefüttert. Bis dahin waren die Kerle sicher nicht vorgedrungen, sonst hätten sie bestimmt gesehen, dass dieses Haus gar nicht unbewohnt war. Aber ich sage es ja, wir Katzen, und Tiere überhaupt, werden von vielen Menschen gern unterschätzt. Die Mädchen hatten mir erzählt, dass sie für zwei Tage verreisen wollten, um ihre Oma abzuholen. Da sie gestern fortgefahren waren, würden sie entweder heute nach Hause kommen oder spätestens morgen hier sein.

Nachdem wir uns die Bäuche richtig vollgeschlagen hatten, wollte ich endlich wissen, was während meiner Abwesenheit im Keller vorgefallen war. Nachdem Lady Mouse und Titus zurückgekehrt waren und sich später vorsichtig wieder ins Haus geschlichen hatten, hörten sie, wie die

Männer sich immer noch stritten wessen Schuld es gewesen sei, dass einige Scheine verschwunden waren. Denn, als der Boss dann mit seinem Helfer in den Keller zurückkehrte und sah, dass dort etliche Scheine auf dem Boden lagen, hatte er zunächst vermutet, dass der andere Typ sie ungeschickterweise vom Tisch geworfen hatte. Und seine Erklärung, dass plötzlich Katzen aufgetaucht waren, um ihnen die Geldscheine zu klauen, die hatte er einfach nicht glauben wollen. Und dann musste es eine Schlägerei gegeben haben, denn anschließend hatte der Kerl, dem wir die Scheine stibitzt hatten, ein blaues Auge, wie Lady Mouse schadenfroh berichtete. Außerdem hatten die drei Bösewichte eine ganze Weile gebraucht, um die verstreuten Scheine wieder einzusammeln.

„Vorsichtshalber sollten wir im Keller nachschauen, ob sie wirklich alle Scheine gefunden haben", regte Titus an.

Recht hatte er, der Kleine. Der Gedanke hätte glatt von mir oder Lady Mouse sein können, fand ich. Wie gut, dass er uns noch darauf aufmerksam gemacht hatte.

Tatsächlich fanden wir dort unter einer Holzpalette noch einen funkelnagelneuen großen Schein. Die feine Nase von Lady Mouse hatte ihn erschnüffelt, sonst hätten wir ihn wohl übersehen. Wie schade, dass wir im Grunde mit diesem Reichtum nichts anfangen konnten.

„Ach, wie viel Katzenfutter wir damit kaufen könnten..." überlegte Lady Mouse mit glänzenden Augen.

„Keine Sorge, das werden Hanna und Clara sicher für uns tun", tröstete ich sie.

Wir beschlossen, den Schein an Ort und Stelle liegen zu lassen. Wenn wir Glück hatten, konnten wir den auch den Mädchen zeigen, aber falls nicht, hatten wir ja immer noch die versteckten Beweise in der Garage ihrer Eltern.

„Hoffentlich bauen sie ihre Maschine nicht so schnell wieder ab", befürchtete Panino.

Das stimmte, denn ohne den eindeutigen Beweis, dass die falschen Geldscheine hier entstanden waren, würden wir diese Fälscherbande nicht überführen können. In dem Fall mussten wir einfach auf unser Glück vertrauen. Außerdem glaubte ich nicht wirklich, dass die Verbrecher ihre Gelddruckmaschine so schnell abbauen würden, denn ihre Gier war unübersehbar. Wenn sie nicht erwischt würden, dann hätten wir sie bestimmt noch lange am Hals. Schon deshalb mussten wir dafür sorgen, dass der Spuk möglichst bald ein Ende fand.

„Nach all dieser Aufregung muss ich jetzt aber unbedingt ein Nickerchen machen", seufzte meine Liebste, und ich stimmte ihr aus vollem Herzen zu. Wir erwachten erst, als die hellen Stimmen von Clara und Hanna durchs Haus schallten.

„Wir sind wieder da!", jauchzte Hanna.

„Wo seid Ihr alle? Wir haben Euch was Feines mitgebracht", rief Clara.

Na, das konnten wir uns doch nicht zwei Mal sagen lassen. Also standen wir gleich auf und rannten nach unten. Titus und Panino waren schon da, als Lady Mouse und ich angelaufen kamen. Sie ließen sich die mitgebrachten Leckerlis schmecken. Nachdem wir die verputzt hatten, hätte ich den Mädchen am liebsten sofort den vergessenen Geldschein gezeigt. Aber wie sich herausstellte, verstanden sie mich leider nicht, als ich sie ganz aufgeregt anmaunzte. Im Gegenteil, sie dachten wohl, ich wollte ihnen mit meinem Geschrei noch mehr Leckerlis aus den Rippen leiern. Weit gefehlt, aber wie konnte ich ihnen das klarmachen?

„Du kannst heute wohl gar nicht genug bekommen", stöhnte Clara. „Ich glaube, Mama hat noch eine Tüte Cat-Dreamies in Reserve. Warte, die hole ich schnell rüber." Und schon war sie verschwunden, kam aber recht schnell zurück. In der Hand hielt sie eine weitere Tüte mit den leckeren Körnchen, riss sie auf und streute sie vor uns aus. Panino und Titus fielen gleich darüber her. Fast konnte man glauben, sie hätten schon tagelang nichts mehr zu futtern bekommen. Lady Mouse und ich schämten uns sogar ein wenig für unsere Rasselbande, aber die Mädchen freuten sich, dass es den beiden so gut schmeckte. Deshalb schlugen Lady Mouse und ich natürlich auch noch mal zu und forderten unseren Anteil ein. Schließlich muss die Jugend ein wenig Respekt vor uns Älteren behalten, sonst schnappen sie uns in Zukunft immer die besten Bissen weg. Dann versuchten Lady Mouse und ich gemeinsam, die Mädchen in den Keller zu locken. Aber sie verstanden leider immer noch nicht was wir von ihnen wollten. Sie streichelten uns ausgiebig und erzählten wie sehr sie uns vermisst hatten. Natürlich war es schön, das zu hören! Die Augen von Lady Mouse leuchteten dabei wie die Sonne, und sie drehte und wendete sich hin und her und genoss diese ausgiebigen Liebkosungen. Fast wäre ich sogar ein bisschen eifersüchtig geworden. Jedenfalls konnten wir es für den Augenblick wohl vergessen, ihnen den verräterischen Geldschein präsentieren zu wollen. Mir blieb nur die Hoffnung, dass ihr Papa das Geld in der Gießkanne entdecken würde. Es ist nämlich seine Aufgabe, die vielen bunten Blumen in ihrem Garten zu gießen, das wusste ich. Dann wurden die Mädchen von ihrer Mama zum Abendessen gerufen und mussten gehen.

„Bis morgen", rief Hanna.

„Schlaft schön", sagte Clara.

Ich glaube, sie weiß immer noch nicht, dass wir Katzen normalerweise eher nachtaktive Geschöpfe sind, aber das macht nichts. Nachdem die beiden Mädchen fort waren, liefen Lady Mouse und ich in ihren Garten und legten uns auf die Lauer, um zu sehen ob ihr Papa noch seine Blumen gießen würde. Es dauerte eine ganze Weile bis er kam. Vorher hatte er mit seiner Familie auf der Terrasse gegrillt. Eine ältere Dame, das war sicher die Oma der beiden Mädchen, war auch dabei.

„Komm, jetzt zeige ich Dir den Garten", forderte die Mama der Mädchen ihren Besuch auf.

„Und ich gieße die Rosen", kündigte ihr Mann an.

Endlich, dachte ich. Jetzt wurde es spannend. Wie erhofft, ging unser Nachbar zu seinem Carport. Dort standen zwei Gießkannen, und in der einen steckten die falschen Scheine. Er nahm die beiden Gießkannen, ging damit zum Wasserhahn und stellte eine darunter. Dann drehte er den Hahn auf und ließ das Wasser langsam hinein plätschern. Weil beide Gießkannen gleich aussahen, wusste ich natürlich nicht mehr, in welcher wir das Geld vorhin deponiert hatten. Aber das Wasser würde die Scheine bestimmt an die Oberfläche wirbeln, hoffte ich jedenfalls. Gespannt warteten Lady Mouse und ich ob das passieren würde. Endlich nahm der Vater der Mädchen die gefüllte Kanne wieder hoch und stellte die andere unter den Wasserhahn. Das tat er immer so, das hatte ich schon einige Male beobachtet. Und richtig, er stutzte. Ungläubig fischte er das Geld aus dem Wasser und schüttelte den Kopf. Hurra, mein Plan hatte wirklich funktioniert.

„Nicht zu fassen", murmelte er dabei.

Ich sah meine Liebste triumphierend an.

„Du bist der Größte, Beppo!", flüsterte sie und gab mir einen zärtlichen Nasenstüber. Dann schlichen wir hinter dem Papa der Mädchen her, um zu sehen, was er nun tun würde. Er hatte die halb volle Gießkanne mitgenommen, und in der Hand hielt er einige feuchte Geldscheine.

„Schaut mal her, was ich gefunden habe",

rief er den Frauen und seinen Kindern zu, die noch auf der Terrasse saßen und sich unterhielten. „Wir sind reich!"

Meine Lady Mouse und ich schauten uns erschrocken an. Wollte er die Knete etwa behalten? Das durfte doch nicht wahr sein! Aber nein, er hatte nur einen Scherz gemacht, wie sich schnell herausstellte. Denn er zeigte seiner Familie den Schatz und sagte: „Stellt Euch vor, das habe ich in unserer Gießkanne gefunden. Wir müssen gleich die Polizei anrufen."

„Was? Das glaube ich einfach nicht", sagte seine Frau erschrocken.

Die Oma der Kinder wurde ganz blass.

„Um Himmels Willen, was ist das denn?" sagte sie und griff sich ans Herz.

„Ich weiß es nicht, aber ich rufe jetzt sofort die Polizei, ehe jemand kommt und womöglich sein Geld wiederhaben will."

Mit diesen Worten ging unser Nachbar ins Haus, um zu telefonieren, während die beiden Frauen mit Clara und Hanna auf der Terrasse sitzen blieben.

„Ich frage mich wirklich, wer auf so eine dumme Idee kommen konnte, so viel Geld ausgerechnet hier zu verstecken. Ob das wohl Bankräuber auf der Flucht waren?", überlegte die Mutter der beiden Mädchen.

„Die Beamten kommen jetzt gleich", informierte sie ihr Mann wenig später. „Wir sollen das übrige Geld auf keinen Fall anfassen", sagte er. „Vielleicht sind Fingerabdrücke daran."

Also richteten wir uns ebenfalls darauf ein zu warten. Panino und Titus waren inzwischen aufgewacht. Sie hatten uns zuerst im Haus gesucht, waren aber schließlich unserer Spur in den Garten gefolgt. Ich lief ihnen entgegen, um ihnen zu sagen was geschehen war. Dann warteten wir zu viert in unserem Versteck, ob die Polizei eintreffen würde. Wenig später hielt ein Auto mit quietschenden Reifen vor dem Gartentor, und zwei Männer stiegen aus. Komisch, ich hatte mir die Gesetzeshüter irgendwie anders vorgestellt. Diese trugen nicht mal eine Uniform, sondern waren ganz normal gekleidet. Clara hatte sie als Erste gesehen, sprang auf und lotste sie zur Terrasse.

„Wie gut, dass Sie endlich da sind, meine

Herren!", empfing ihr Papa sie.

Dann zeigte er ihnen das Geld in der Gießkanne und erklärte ihnen noch einmal lang und breit, wie er es gefunden hatte.

Nun hielt ich den Zeitpunkt für gekommen einzugreifen, denn lieber wollte ich mich notfalls mit den Polizisten anlegen als mit den Gaunern.

„Los, alle gemeinsam!", maunzte ich, und wir rannten los.

Alle schauten erschrocken auf, als wir auf die Terrasse stürmten und dabei aus Leibeskräften miauten. Ich nahm Clara´s Mutter ins Visier und sprang an ihrem Bein hoch. Dann lief ich ein Stück zurück und versuchte es erneut, um ihr klar zu machen, dass sie mir unbedingt folgen sollte. Genauso machte Lady Mouse es mit einem der Polizisten, und unsere beiden Jungs nahmen sich seinen Kollegen und den Vater der Kinder in gleicher Weise vor. Dabei achteten wir rücksichtsvollerweise aber darauf, unsere Krallen eingezogen zu lassen.

„Was ist denn jetzt los?", fragte einer der Polizisten entgeistert? „Sind das etwa Ihre

Katzen?"

„Nein, die leben nebenan in dem alten Haus", beeilte Clara sich ihm zu erklären. „Wir füttern sie nur, aber als wir vorhin drüben waren, haben sie sich auch schon so komisch verhalten."

„Man könnte fast meinen, sie wollen uns auf etwas aufmerksam machen", überlegte einer der Polizisten.

„Ja, ja ja", maunzte ich begeistert. Endlich hatte es mal jemand begriffen! Deshalb sprang ich nun an seinem Hosenbein hoch und versuchte ihn zum Mitkommen zu bewegen.

„Was soll´s, schaden kann es sicher nicht, wenn wir uns das Haus mal etwas näher anschauen", entschied er.

„Los, Abmarsch", miaute ich meiner Familie zu, und auf dieses Kommando rannten alle los. Die Polizisten und die Familie von nebenan folgten uns. Sogar die Oma humpelte, so schnell sie konnte, hinter uns her. Wir liefen direkt zum Kellereingang. Den aufzumachen war für die Männer natürlich kein Problem. Lady Mouse und ich warteten höflich, bis wir unser Zuhause dann mit den Menschen gemeinsam betreten konnten, aber Titus und Panino waren voraus gelaufen und durch das kaputte Fenster hinein geklettert. Schon im Flur hörten wir ihr aufgeregtes Miauen. Natürlich fanden die Polizisten, als sie den zweiten Kellerraum betraten, die Fälscherwerkstatt und wenig später sogar den Geldschein, den die Gauner übersehen hatten. Titus war hingelaufen und hatte noch einmal laut gemaunzt, um sie darauf aufmerksam zu machen.

„Sieh an, was haben wir denn hier?", staunte einer von ihnen.

Wir Anderen versuchten ihnen weiterhin lautstark zu erklären wie das alles zusammenhing, aber nach einer Weile gaben wir es auf. Sie verstanden uns einfach nicht. Die kleine Hanna, sie ist wirklich ein kluges Mädchen, meinte: „Das war es bestimmt das, was sie uns vorhin schon zeigen wollten!"

„Ich glaube, Du hast recht", antwortete Clara.

„Aber das erklärt immer noch nicht, wie das Geld in unsere Gießkanne gekommen ist", sagte ihr Vater skeptisch.

„Nein, leider nicht, aber ich bin sicher, auch das werden wir herauskriegen, sobald wir die Fälscher geschnappt haben. Die kommen bestimmt früher oder später wieder", entgegnete einer der Polizisten.

Dann zog er einen kleinen, flachen Kasten aus seiner Hemdentasche, tippte ein paar Mal darauf herum und sprach hastig einige Sätze hinein. „Wir werden jetzt das Haus überwachen", sagte er. „Die Kollegen in Uniform sind gleich da. Ist das Haus denn unbewohnt?"

„Soweit wir wissen ja. Es steht schon lange leer, so wurde uns seinerzeit gesagt. Seitdem die Mädchen gemerkt haben, dass sich die Katzen hier eingenistet haben, bestanden sie darauf sie zu füttern. Bei uns im Haus drüben wollte ich die Tiere nicht haben, schon gar nicht vier auf einmal", gab unser Nachbar sichtlich verlegen zu. Dann setzte er hinzu: „Meine Frau und ich haben uns die alte Geistervilla, so wird das Haus hier genannt, nie genauer angesehen. Das hätten wir besser tun sollen."

„Ich bin schon länger auf der Suche nach

einem Haus. Die Lage gefällt mir sehr. Es ist so schön ruhig hier, und aus dem Haus kann man bestimmt etwas Tolles machen", meinte der jüngere Beamte versonnen.

Wollte der uns etwa unser Zuhause fortnehmen? Bei dem Gedanken sträubten sich mir glatt die Nackenhaare. Lady Mouse und ich schauten uns ängstlich an und horchten gespannt, als er fortfuhr: „Solange wir auf die Kollegen warten, würde ich gern einen Rundgang machen. Ist das in Ordnung", fragte er.

Der ältere Mann, der offenbar sein Chef war, nickte. „Ja klar, geh nur."

„Keine Angst, ich mag Katzen! Ihr seid mir willkommen, falls ich hier einziehen kann", beruhigte er uns.

Ob er unsere Besorgnis gespürt hatte? Wie schön - ein Mensch, der Katzenverstand besaß. Das hörte sich gut an, deshalb begleiteten wir ihn, als er nach oben ging, um sich alles in Ruhe anzuschauen. Er ging mit uns von Raum zu Raum, klopfte die Wände ab und schaute aus den Fenstern. Scheinbar gefiel ihm was er gesehen hatte, denn als wir zu den

Anderen zurückkehrten, war er begeistert. „Ich muss mich wirklich mal erkundigen, wem dieses Haus gehört. Ich finde es ganz wunderbar. Vor allem die hohen Räume mit den Stuckdecken. Und von einem Wintergarten habe ich schon immer geträumt. Das ganze Haus müsste natürlich von Grund auf saniert werden, aber ich glaube, das ist hinzukriegen."

Sein Kollege lachte und meinte: „Na, dann hat sich der heutige Einsatz ja für Dich ganz besonders gelohnt."

„Das kann man wohl sagen!"

„Brauchen Sie uns noch?", erkundigte sich die Mutter von Clara und Hanna.

„Nein, im Moment nicht, aber wir möchten Sie trotzdem bitten, morgen für ein Protokoll im Präsidium vorbeizukommen. Und nochmals vielen Dank, dass Sie uns gleich angerufen haben."

„Das war doch selbstverständlich. Dann bis morgen. Kommt, wir gehen", entschied der Vater von Clara und Hanna. Seine Frau war noch immer ganz blass vor Schreck. Zum Glück gingen Clara und Hanna nicht mit, ohne sich zuvor gebührend von uns verabschiedet zu haben.

„Ihr vier seid wirklich ganz besondere Samtpfötchen", meinte ihre Oma und streichelte uns ebenfalls, aber ganz vorsichtig. Natürlich bedankten wir uns auch bei ihr mit lautem Schnurren.

„So, jetzt müssen wir aber los", drängte der Familienvater.

Kaum waren sie verschwunden, kamen die Kollegen der beiden Beamten. Auch ihnen wurde die Fälscherwerkstatt gezeigt und dann verzogen sich alle nach draußen, um dort Posten zu beziehen, falls die Bande doch noch wiederkehren sollte.

Endlich hatten wir wieder unsere Ruhe.

Wie sich herausstellte, sollte die aber nicht lange dauern. Am nächsten Morgen, ich war gerade von einem kleinen Rundgang in unserem Revier zurückgekommen, hörte ich Autogeräusche. Wie gut, dass ich so feine Ohren habe. Panino und Titus waren noch unterwegs, aber Lady Mouse hielt sich im Haus auf. Gemeinsam lauschten wir. Dann hörten wir Türen schlagen und schon polterten die Kerle in den Keller.

„Es ist soweit. Sie sind wieder da, hoffentlich haben die Polizisten sie auch gesehen", raunte Lady Mouse mir zu, bevor wir lautlos in den Keller schlichen. Die beiden Galgenvögel hatten erneut ihren Chef mitgebracht und wollten gerade loslegen, als der laute Ruf: „Hände hoch, Polizei", ertönte.

Erschrocken wandte sich einer der Männer um, während sein Komplize stocksteif daneben stand. Ihr Chef versuchte noch geistesgegenwärtig sich durch ein offenes Kellerfenster zu zwängen, um zu flüchten, aber das klappte nicht. Er war einfach viel zu dick und blieb stecken, sodass die Polizisten ihn ohne Probleme festhalten und zurückziehen konnten. Dann klickten die Handschellen. Das ging zu unserem Erstaunen blitzschnell. Auch die beiden Beamten, die gestern hier gewesen waren, standen plötzlich im Keller.

„Sieh an, wen haben wir denn da?", fragte der Ältere der beiden. „Das ist doch unser Blüten-Charly, ein alter Bekannter. Der hat ein Vorstrafenregister so lang wie mein Arm!", erklärte er. „Abführen!", befahl er den Kollegen in Uniform. Die leisteten dieser Aufforderung Folge und nahmen die drei Ganoven mit. Und nur wenig später erschien eine ganze Mannschaft in weißen Anzügen. Von diesen Leuten wurden alle Spuren gesichert. Das war bestimmt nicht so einfach, denn logischerweise fanden sie überall ja auch unsere Pfötchenabdrücke. Nachdem die Polizisten mit dieser Arbeit fertig waren, begannen sie damit, die riesige Gelddruckmaschine abzubauen. Aber das interessierte uns nicht mehr, und wir verzogen uns wieder nach oben. Da hatten wir wenigstens unsere Ruhe.

Clara und Hanna kamen weiterhin jeden Tag nach der Schule vorbei, um uns zu füttern, ansonsten verlief unser Leben für einige Wochen genauso wie früher. Aber dann tauchte eines Tages der nette Polizist wieder auf. Er hatte sogar einen Schlüssel, mit dem er die Vordertür öffnete.

„Hallo, ist jemand von Euch zuhause?", rief er übermütig.

Die Stimme erkannte ich sofort. Neugierig rannten Lady Mouse und ich nach unten, gefolgt von Titus und Panino.

„Ach, da seid Ihr ja", freute sich der Mann.

„Wir werden ab jetzt zusammen wohnen", sagte er freudestrahlend. „Ich habe die Geistervilla nämlich gekauft."

Was dann folgte, das ist für Euch sicher nicht mehr so interessant. Aber glaubt mir, zu Anfang war es der pure Stress für uns. Mit dem neuen Hausherrn brachen völlig andere Zeiten an. Zuerst wurde die Villa gründlich entrümpelt. So gut wie alle alten Sachen flogen raus, aber zum Glück wanderten unsere geliebten Korbsessel und zwei Sofas für den Übergang in den Keller. Irgendwohin mussten wir uns, während der Renovierung, ja schließlich zurückziehen können. Es kamen auch jede Menge Handwerker ins Haus. Die bauten im Wohnzimmer einen großen Kamin ein, malerten die Räume frisch und drehten unser Zuhause komplett auf links. Aber das war in Ordnung, denn mit jedem Tag wurde die alte Villa schöner. Nachdem der neue Hausbesitzer eingezogen war, bekam jeder von uns seinen eigenen Futternapf, und die Näpfe wurden täglich gut gefüllt. Als Nächstes baute unser selbsternannter Katzenpapa im Keller eine Katzenklappe ein, damit wir weiterhin kommen und gehen konnten, wie es uns gefiel, denn selbstverständlich wurde auch das kaputte Kellerfenster wieder in Ordnung gebracht. Ich glaube, er wusste, wir hätten unsere Freiheit nie aufgegeben, auch ihm zuliebe nicht. Natürlich kamen Hanna und Clara uns weiterhin besuchen, und irgendwann zog eine kleine, noch sehr junge Katze bei ihnen ein. Aber das ist wieder eine ganz andere Geschichte.

War es Mord?

Mit Mats, dem jungen Kommissar, ist wieder neues Leben in die Geistervilla eingezogen. Unser Mats heißt eigentlich Matthias, aber alle Welt nennt ihn Mats. Ihr kennt ja unsere Vorgeschichte. Lady Mouse und ich sind eigentlich richtig froh, dass wir jetzt mit Mats einen Menschen gefunden haben, der sich auch für uns und die beiden Jungs, Titus und Panino, verantwortlich fühlt. Man kann ja nie wissen, wann man mal die Hilfe der Menschen braucht, und regelmäßig Futter angeboten zu bekommen, das ist ja keinesfalls zu verachten. Seitdem sind vor allem Panino und Titus richtig faul geworden. Auf Mäusejagd gehen sie höchstens noch aus Spaß. Lady Mouse und ich wollten uns für ihre Wohltaten bei Henrike und Mats erkenntlich zeigen, aber wie sich rausgestellt hat, wollten sie unsere Geschenke gar nicht, seitdem lassen wir es sein, ihren Speisezettel bereichern zu wollen. Da kannste nix machen, Menschen eben – auch gut.

Davon abgesehen kommen wir prima mit Mats aus, und seine Freundin Henrike mögen wir ebenfalls gern. Für Mats war es gar nicht so einfach, die Besitzer unserer Geistervilla ausfindig zu machen. Wie wir inzwischen erfahren haben, hat unser Haus früher einem reichen Fabrikanten und seiner Familie gehört. In der Zeit des Krieges mussten diese Leute ihr Heim überstürzt verlassen, weil sie sonst, wie so etliche andere Juden, gewaltsam daraus vertrieben worden wären. Das ist ein ganz trauriges Kapitel, sagt Mats. Er und Henrike finden, dass niemand wegen seiner Herkunft, seiner Hautfarbe oder seines Glaubens benachteiligt oder gar verfolgt werden darf. Das denken wir auch; so einen Blödsinn können sich nur sehr dumme Menschen ausdenken! Und mit welchem Recht eigentlich? Ich selbst habe mich in meinem langen Leben durchaus mit einigen Gegnern geprügelt, aber niemals, weil mir die Farbe ihrer Augen oder ihrer Pelze nicht gefallen haben. Jedenfalls wissen wir nun, warum so viele Dinge im Haus zurückgeblieben sind, als die damaligen Besitzer Hals über Kopf ausgezogen und nach Amerika geflüchtet sind. Mats hat ihre Erben dort ausfindig machen können, und das Haus von ihnen gekauft. Das hat ihn eine schöne Stange Geld gekostet, und die anschließende Renovierung fast noch mehr. Nun ist sein Sparkonto komplett leer, und er muss Monat für Monat einen Teil seines Gehaltes an die Bank abdrücken, weil sie ihm das fehlende Geld für die Instandsetzung des Hauses erst mal vorgestreckt hat. Aber es hat sich absolut gelohnt, meint er. Wir finden auch, das Ergebnis kann sich sehen lassen. Nachdem Henrike zu ihm gezogen ist, haben die beiden auch den Garten wieder in Schuss gebracht. Zuerst haben sie die Büsche beschnitten, die Beete vom Unkraut befreit und dann neue Rosen angepflanzt. Das sind nämlich Henrike´s Lieblingsblumen. Im nächsten Sommer wollen die beiden heiraten, und dann gibt's hier ein großes Gartenfest, jedenfalls, wenn es nach Henrike´s Wünschen geht. Weil die beiden dringend Knete brauchen, und unser Haus wirklich sehr groß ist, möchten sie für eine Weile eine nette Untermieterin oder einen Untermieter zu sich nehmen. Es gibt aber eine kleine Bedingung:

Er oder sie muss Katzen mögen!

Im Scherz hat Mats schon mal gesagt, er hätte doch ein Bündel von dem Falschgeld für sich abzweigen sollen, das „Blüten-Charly" und seine Bande im vorletzten Jahr hier im Keller fabriziert haben. Aber nun ist die Gelddruckmaschine ja längst fort, und das ist auch gut so. Ehrlich währt immer noch am längsten, sagt Henrike. Sie arbeitet übrigens auch bei der Polizei und ist dort als Sekretärin angestellt. Daher kennt sie die Geschichte von damals fast genauso gut wie wir. Das war wirklich ein Ding! Davon haben die Leute in der Stadt noch lange gesprochen, und wir sind alle froh, nun endlich wieder unsere Ruhe zu haben. Clara und Hanna von nebenan kommen uns immer noch oft besuchen, aber seitdem sie ihre eigene Katze haben, nicht mehr jeden Tag. Und wenn sie und ihre Eltern länger fortbleiben, dann gehen Mats oder Henrike rüber, um Ylvie, so

heißt der Neuzugang, zu versorgen. Stellt
Euch vor, ausgerechnet unser schüchterner
Panino war der Erste, der sie zu Gesicht
bekommen hat. Er kam eines Tages ganz
aufgeregt nach Hause und erzählte, dass er
nebenan eine junge Katze gesehen hatte.

„Sie hat einen dreifarbigen Pelz und grüne
Augen. Sie ist eine echte Schönheit",
schwärmte er.

Klarer Fall von Liebe auf den ersten Blick,
aber ich kann den Jungen verstehen.
Natürlich musste ich mir daraufhin die
neue Nachbarin auch anschauen, obwohl
ich ja Lady Mouse an meiner Seite habe
und sie über alles schätze, wie Ihr wisst.
Natürlich waren wir alle neugierig und
wollten wissen, ob die Kleine wirklich
dort eingezogen oder vielleicht nur für ein
paar Tage zu Besuch gekommen war.
Unsere Neugierde wurde schneller gestillt
als wir gedacht hatten, denn am gleichen
Abend kam Clara mit ihr zu uns rüber. Sie
trug ihre neue Katze auf dem Arm und
stellte sie Mats und Henrike als Ylvie vor.
Dann setzte sie das winzige Wesen auf den
Fußboden und erzählte: „Wir haben uns so

sehr eine eigene Katze gewünscht, dass Papa endlich nachgegeben hat. Ylvie ist erst ein Vierteljahr alt. Sie ist noch ganz tapsig, aber ist sie nicht süß?"

Henrike und Mats fanden das natürlich auch. Lady Mouse ging gleich zu ihr, hat sie mütterlich abgeschleckt und uns eingeschärft, dass wir uns ihr nur ganz vorsichtig nähern sollten, damit sie keine Angst vor uns bekam. Aber Ylvie ist ein mutiges kleines Ding, daher war das kein Problem, und inzwischen kommt sie oft allein hierher oder wir besuchen sie drüben. Lady Mouse und ich haben sie sozusagen adoptiert, so wie seinerzeit Panino und Titus, als die beiden zu uns gestoßen sind. Da waren sie nicht viel älter als Ylvie jetzt. Nun haben sie mit ihr sozusagen eine kleine Schwester.

Weil Mats eine Annonce aufgegeben hat, um einen Untermieter zu finden, sind in den letzten Tagen schon mehrere Leute hier gewesen, die bei uns einziehen wollten. Er und Henrike haben sich letztlich dazu entschieden, eine junge Frau aus Namibia bei sich aufzunehmen. Sie hat eine dunkle Hautfarbe und dickes, schwarzes Kraushaar. Wir mögen sie alle sehr, weil sie unglaublich nett und so gut wie immer gut gelaunt ist. Wenn sie lacht, und das tut sie oft, dann schallt es durchs ganze Haus. Sie hat auch eine Katze, die heißt Libby, aber weil sie zum Studieren nach Deutschland gekommen ist, musste sie Libby schweren Herzens zuhause lassen. Stimmt, wir Katzen mögen es nicht, durch die Weltgeschichte gescheucht zu werden. Aber Shari, so heißt die junge Frau, vermisst ihre Libby sehr. Nun hat sie ja uns zum Verwöhnen, das tröstet sie ein bisschen über ihr Heimweh hinweg. Und wir lassen uns das natürlich gern gefallen.

Wie gesagt, wir haben sie wirklich gern, aber trotzdem habe ich das Gefühl, dass irgendetwas mit ihr nicht stimmt. Lady Mouse wollte das gar nicht glauben, aber seitdem wir in Shari´s Zimmer diesen kleinen Beutel mit dem weißen Pulver gefunden haben, das ganz komisch schmeckte und mir leider gar nicht bekommen ist, denkt sie anders darüber.

Als wir Shari besuchen wollten, war sie nämlich gerade dabei, selbst etwas von diesem Zeug durch die Nase zu ziehen. Dann sah sie uns und war sichtlich erschrocken. Ein bisschen so, als hätten wir sie bei etwas Verbotenem erwischt. Dabei fiel ihr das Tütchen auf den Fußboden, und wir haben ein bisschen von dem weißen Pulver probiert, einfach so. Wir waren eben neugierig. Das war Shari gar nicht recht, und sie hat uns mächtig ausgeschimpft deswegen. Das hat sie noch nie gemacht. Wir haben uns gleich aus ihrem Zimmer verzogen, und sie hat die Tür hinter uns zugeknallt. Ich würde dieses Zeug nie wieder anrühren, denn wie gesagt, es ist mir ganz und gar nicht bekommen. Nach einer kurzen Weile fühlte ich mich schwindlig, sah regelrecht Sterne und habe mich stundenlang im Garten unter dem großen Jasminbusch verkrochen, weil ich so wacklig auf den Beinen war. Ich glaube nicht, dass Mats weiß, dass Shari so etwas nimmt. Aber wie sollen wir ihn darauf aufmerksam machen? Als Shari zu Mats und Henrike in den

Garten kam, tat sie so, als wäre nichts geschehen. Lady Mouse mochte diese Kostprobe auch nicht besonders, aber ihr ging es wesentlich besser als mir. Ihr war nur ein bisschen schwindlig. Jedenfalls habe ich mir vorgenommen, Shari bei nächster Gelegenheit eines von diesen kleinen Päckchen zu stibitzen und es Mats oder Henrike zu bringen. Kann bestimmt nicht schaden, denn ein komisches Gefühl habe ich immer noch.

Aber erst mal bekamen wir andere Probleme. Eines Tages kam Mats nämlich nach Hause und erzählte, dass in dem kleinen Wäldchen am Fluss eine Leiche gefunden wurde. Natürlich waren wir gleich in höchstem Maße alarmiert. Eine Tote? Das hatte es in dieser Gegend ja noch nie gegeben!

„Die junge Frau ist höchstens Mitte zwanzig", erzählte Mats, als er mit Henrike und Shari beim Abendessen saß. Shari wohnt inzwischen nicht nur hier, sie gehört praktisch schon zur Familie und nimmt mit Mats und Henrike auch die

Mahlzeiten ein. Als sie das hörte, wurde sie totenblass und verschluckte sich heftig an ihrem Butterbrot. Sofort klopfte Henrike ihr mitfühlend auf den Rücken.

„Geht´s?", fragte sie besorgt.

Shari hustete zwar noch ein bisschen, aber dann beruhigte sie sich und antwortete: „Klar, ich hab´ mich nur erschrocken."

„Das ist ja kein Wunder", sagte Mats begütigend. „Ich möchte nicht, dass Du oder Henrike in der nächsten Zeit allein nach draußen geht. Jedenfalls nicht nach Einbruch der Dunkelheit. Habt Ihr verstanden?"

Beide Frauen nickten und Shari fragte: „Kennt jemand die Tote?"

„Noch nicht, sie hatte keine Papiere bei sich. Aber wenn wir ihre Identität nicht schnell herausfinden können, dann werden wir wohl ein Foto von ihr in die Zeitung setzen müssen, um das zu klären", entgegnete Mats.

Damit gab Shari sich scheinbar erst mal zufrieden. Aber mein Bauchkneifen wurde schlimmer. Irgendwas stimmte mit ihr nicht - ganz und gar nicht, davon war ich überzeugter denn je. Und sogar Lady Mouse war nach diesen Neuigkeiten unruhig geworden. Als wir wieder unter uns waren, sprachen wir darüber.

„Ich glaube, sie kennt die Tote womöglich. Wir sollten sie im Auge behalten", schlug meine Liebste vor.

Die Idee fand ich nicht übel. So schwer konnte das doch nicht sein, dachte ich. Allerdings blieb uns ihre Zimmertür verschlossen, seitdem wir Shari beim Schnüffeln erwischt hatten. Wie sich herausstellte, war das aber nicht schlimm, denn schon am nächsten Tag kam Shari von selbst auf die Sache zu sprechen. Das war beim gemeinsamen Abendessen. Henrike wollte gerade aufstehen und anfangen abzuräumen, als Shari beiläufig fragte: „Habt Ihr inzwischen eigentlich rausgekriegt, wer die Tote ist?"

„Nein, leider noch nicht."

Shari druckste verlegen noch ein wenig herum, bevor sie sagte: „An der Uni habe ich in einem meiner Kurse eine junge Kommilitonin, die wie vom Erdboden verschluckt zu sein scheint. Jedenfalls weiß keiner wo sie abgeblieben sein könnte. Ihre Mitbewohnerin sagt, sie war seit Tagen nicht mehr zuhause."

Mats und Henrike schauten sie ganz erschrocken an. Schließlich fasste Mats sich und antwortete: „Die Tote ist blond, etwa so alt wie Du und hat auch Deine Größe und Figur, aber sie hatte keinerlei Papiere bei sich."

„Meinst Du, sie könnte es sein?", fragte Henrike.

Shari zuckte die Achseln. „Möglich, ich weiß es nicht, aber die Beschreibung könnte durchaus auf sie zutreffen. Ich weiß, sie hatte irgendwie mit Drogen zu tun."

„Wie kommst Du darauf?", wollte Mats wissen.

Diese direkte Frage brachte Shari sichtlich in Verlegenheit, aber offensichtlich hatte sie beschlossen bei dieser Gelegenheit reinen Tisch zu machen. „Na ja", begann sie. „Sie hat mal ein paar Proben verteilt und gesagt, das Zeug wäre relativ harmlos. Wenn man es durch die Nase zieht, kann man sich besser konzentrieren. Wir sollten es einfach mal probieren. Und wenn wir es bei ihr kaufen wollten, könnten wir uns bei ihr melden."

„Und hast Du auch eine Probe erhalten?", vergewisserte Henrike sich.

„Ja", gab Shari zu. „Aber ich habe keine große Wirkung verspürt und außerdem habe ich ohnehin kein Geld für solche Sachen."

Das war es also, was wir beobachtet hatten. Vielleicht hatte Shari nicht viel gemerkt, nachdem sie etwas von dem weißen Zeugs zu sich genommen hatte, schließlich war ihr der Großteil des Tütchens ja auf den Fußboden gefallen. Dann waren wir sofort zur Stelle gewesen und hatten es neugierig aufgeschleckt. Geschmeckt hat es eigentlich nach nichts, aber die Wirkung hatten wir sehr wohl gespürt. Ich vor allem. Und ich hätte wetten mögen, dass Shari nun zwar ein schlechtes Gewissen hatte, aber durchaus wusste worauf sie sich einließ, als sie das weiße Pulver probiert hatte. Mats, der bis dahin ruhig auf seinem Stuhl gesessen hatte, explodierte. Er ging regelrecht hoch wie eine Rakete zu Silvester. So wütend hatten wir ihn noch nie gesehen. Nicht einmal, als er den blöden Dachdecker zusammengestaucht hat, als er die falschen Pfannen verarbeitet hatte. Die waren nämlich in einer anderen Farbe wie bestellt angeliefert worden und sollten sofort zurückgegeben werden. Laut schimpfend musste der Mann alles wieder in Ordnung bringen, wobei Mats ihm zusah und genau darauf achtete, dass er bloß nicht wieder rumpfuschte. Am nächsten Tag kam ein anderer Mitarbeiter der Firma um weiter zu machen.

„Das darf doch nicht wahr sein! Drogen in meinem Haus, ich fasse es nicht!", schimpfte er. „Hast Du wirklich nichts mehr von dem Kram, sei ehrlich!", forderte Mats erbost.

„Nein, ich hatte wirklich nur das eine kleine Probetütchen. Und als ich das aufgerissen hatte, fiel es mir aus der Hand, und ich habe noch einen großen Teil davon auf dem Boden verschüttet. Die Katzen waren sofort zur Stelle und haben alles aufgeleckt, bevor ich es wegfegen konnte.

Wahrscheinlich habe ich deswegen so gut wie nichts gemerkt, es war einfach zu wenig."

„Dein Glück", meinte Henrike. „Selbst kleinste Mengen können manche Leute schon süchtig machen, deshalb ist das ja so gefährlich. Wie konntest Du nur so dumm sein?"

„Das frage ich mich auch. Du hättest mich sofort informieren müssen", sagte Mats nun in versöhnlichem Ton.

„Und für die Katzen war diese Kostprobe mit Sicherheit auch nicht bekömmlich. Sei froh, dass sie nicht krank geworden sind", meinte Henrike mit einem Seitenblick zu Lady Mouse und mir. Wenn die wüsste! Nur gut, dass weder Titus noch Panino von dem ollen weißen Pulver gekostet hatten. Außerdem hatten wir, Lady Mouse und ich, ja bis eben noch gedacht, ich hätte mir einfach aus irgendeinem Grund eine arge Magenverstimmung zugezogen. Jedenfalls fanden wir diese Unterhaltung am Abendbrottisch äußerst informativ, und deshalb verfolgten wir das weitere Gespräch mit noch größerer Aufmerksamkeit als zuvor.

„Die Tote trug Jeans und eine helle Bluse. Vielleicht könntest Du Dir die Sachen morgen mal anschauen, eventuell erkennst Du sie. Falls ja, muss ich Dich bitten, die Tote zu identifizieren", erklärte Mats seiner Untermieterin.

„Muss das wirklich sein?", fragte Shari entsetzt.

„Ich fürchte ja. Wenn es Dir hilft, kann Henrike mit dabei sein", schlug Mats vor.

Henrike nickte. „Selbstverständlich!"

„Na gut", willigte Shari zögernd ein.

Man sah ihr deutlich an, wie sehr ihr das missfiel. Kurz darauf verabschiedete sie sich und verschwand in ihrem Zimmer. Lady Mouse und ich hatten genug gehört, jetzt wollten wir endlich nach draußen. Noch wussten Titus und Panino nicht Bescheid. Wir hatten ja auch nicht damit gerechnet, womöglich in einen Mordfall verwickelt zu werden. Aber als Lady Mouse mir vorschlug, wir sollten uns den Ort anschauen, an dem die Tote gefunden worden war, willigte ich ein. Bestimmt waren die Kollegen von Mats schon dort gewesen und hatten sämtliche Spuren gesichert, aber das zu überprüfen konnte nicht schaden. Die beiden Jungs wollten wir in diesem Fall allerdings erst mal raushalten, so ein Mord war einfach zu gefährlich für sie, fanden wir. Außerdem waren sie ohnehin unterwegs. Panino hatte vorhin schon angekündigt, dass er zu Ylvie rübergehen wollte, und Titus war mal wieder abgetaucht. Im Grunde waren die beiden ja längst erwachsen, selbst wenn wir uns weiterhin für unsere Ziehsöhne verantwortlich fühlten. Wie immer, rannte Lady Mouse mit hoch erhobenem Schwanz voraus, und ich selbst wackelte, erheblich langsamer, hinterher.

„Was ist denn Beppo? Wo bleibst Du?", miaute sie mir zu.

„Ich fliege, ich eile", maunzte ich zurück.

Wozu bloß die Hektik? Finden würden wir sicher nicht mehr viel, dachte ich. Aber wie sich herausstellen sollte, hatte ich mich getäuscht. Als wir im Wäldchen ankamen, liefen wir erst mal ein Stück auf dem breiten Fußweg entlang, der mitten hindurchführt. Und dann sahen wir die Stelle, an der die Tote wahrscheinlich gelegen hatte. Inzwischen war sie allerdings mit viel zu vielen Fußspuren übersät, um da noch mehr herauszufinden. Trotzdem begannen wir damit, den Boden ab zu schnüffeln und nahmen unsere eigenen Ermittlungen auf. Schließlich waren wir es doch, die Mats und seinen Kollegen seinerzeit geholfen hatten, dass „Blüten-Charly" und seine Helfershelfer ihnen prompt ins Netz gegangen waren. Die vielen unterschiedlichen Gerüche waren sehr verwirrend, fand ich. Aber nach und nach gewöhnte meine empfindliche Nase sich daran und ich konnte sie voneinander unterscheiden. Außerdem waren die Fußabdrücke unterschiedlich tief. Nachdem wir die Fundstelle wirklich gründlich unter die Lupe genommen hatten, wie Ihr Menschen das wohl ausdrücken würdet, arbeiteten wir uns langsam weiter vor. Und dann roch ich einen Hauch von dem Pulver, das wir bei Shari probiert hatten. Nur ganz schwach, aber es führte ein Stück weit weg. Meine liebe Lady Mouse hat eine noch feinere Nase als ich, daher rief ich sie zur

Verstärkung. Sie kapierte sofort und kam angelaufen.

„Kommt Dir dieser Geruch bekannt vor?", fragte ich sie.

Sie senkte ihre Nase zu Boden und jauchzte: „Klar, das riecht doch genauso wie dieses weiße Zeugs!"

„Richtig."

Wieder suchten wir mit gesenkten Nasen den Waldboden ab. Hier schien so etwas wie eine Drogenparty stattgefunden zu haben, denn wir fanden im Umkreis eine ganze Menge winziger Rückstände von dem weißen Pulver, und sogar noch ein verschlossenes Tütchen. Lady Mouse entdeckte ein Stück entfernt ein leeres Plastikteil, das sah aus wie eine Spritze. Diese ekligen Dinger kennen wir, von den Besuchen beim Tierarzt, wenn wir geimpft werden müssen. Darauf hat Mats nämlich bestanden. Kurz nach seinem Einzug ist er mit uns dahin gefahren, um uns gründlich durchchecken zu lassen. Alle vier mussten wir diese Prozedur über uns ergehen lassen, aber ich schweife ab. Einige Fußspuren waren auch zu sehen, aber längst nicht so viele wie an der Stelle, von der wir vermuteten, dass dort die Leiche des armen Mädchens gelegen hatte. Soweit waren wir nun gekommen, aber wie sollte es weitergehen?

„Ich rühre dieses elende Zeug bestimmt nie wieder an", schwor ich. „Nachher verschlucke ich das noch – nein danke!"

„Nein, das ist schon klar, mitnehmen können wir nichts davon", meinte auch Lady Mouse. Stattdessen machte sie mir einen anderen Vorschlag. „Ich denke, hier treffen sich die Kiffer öfter. Vielleicht werden sie ein paar Tage lang vorsichtiger sein als sonst, aber wir sollten die Stelle im Auge behalten. Und wenn sich etwas tut, dann müssen wir versuchen, Mats darauf aufmerksam zu machen."

Diese Idee fand ich nicht schlecht. Vor allem war ich inzwischen wirklich müde und wollte endlich in mein bequemes Körbchen, um noch mal ein kleines Nickerchen machen zu können, bevor der Morgen graute. Also liefen wir zurück und schlüpften ganz leise durch unsere Katzenklappe ins Haus, um Mats und

Henrike nicht aufzuwecken. Titus und Panino waren noch nicht da, aber es ist nun mal das Vorrecht der Jugend die Nächte auszunutzen. Das haben wir früher ja nicht anders gemacht.

Am nächsten Morgen erwachte ich vom lauten Klappern des Frühstücksgeschirrs. Gleichzeitig stieg mir der aromatische Duft von frischem Kaffee in die Nase. Mats behauptet, ohne seine zwei Tassen Kaffee getrunken zu haben, kann er nicht denken. In seinem gefährlichen Beruf als Kriminalkommissar muss er seinen Kopf oft genug anstrengen – schließlich sind wir ja nicht immer zur Stelle. Lady Mouse hatte schon ihre morgendliche Putzstunde beendet, als ich die Augen aufschlug. Als sie merkte, dass ich wach war, fragte sie: „Frühstücksappetit?"

„Immer", antwortete ich.

Und dann sprangen wir von unserem Schlafplatz herunter, um nach oben in die Küche zu laufen, um zu schauen, ob Henrike schon an unsere Körnchen gedacht hatte. Unterwegs trafen wir auf Titus und Panino, die ebenfalls aufgewacht und auf dem Weg in die Küche waren.

„Na, hattet Ihr eine interessante Nacht?", erkundigte ich mich.

„Klar, immer", prahlte Titus. „Ich hatte eine kleine Rauferei mit einem Kater, der zwei Straßen weiter wohnt, aber nichts Schlimmes, mehr so zum Spaß", berichtete er. „Wir wollten doch nur gegenseitig unsere Kräfte messen."

„Und, wer hat gewonnen?", erkundigte ich mich.

„Eigentlich keiner, so haben wir uns jedenfalls geeinigt, bevor es ernst wurde."

Und Panino sagte: „Ich habe mit Ylvie im Garten gesessen und den Mond angeschaut – das war schön!"

Ich nickte verstehend, unser Kleiner ist wirklich lieb, wenn auch ein klein wenig weltfremd, aber sicher gibt sich das noch. Der Umgang mit Ylvie tut ihm gut. Früher oder später wird sie ihm sicher beibringen was ihm noch fehlt, um ein richtiger Kater zu sein. Ylvie ist meiner Lady Mouse recht ähnlich, sie steht auch mit allen vier Pfötchen fest auf dem Boden. Und in der letzten Nacht waren wir ja froh, dass unsere beiden Jungs nicht in der Nähe waren. Dann hatten wir die Küche erreicht und wurden dort von Mats und Henrike liebevoll begrüßt.

„Ich hole Euch gleich frische Körnchen", versprach Henrike und stand auf, um unsere Näpfe zu füllen. Sie ist wirklich ganz schnell eine überaus fürsorgliche Katzenmama geworden, unsere liebe Henrike.

Gerade als sie fragte: „Soll ich mal nach Shari sehen?", kam die gähnend um die Ecke geschlichen. Shari ist immer die Letzte am Frühstückstisch. Wenn sie zur Uni fährt, dann muss sie nicht so früh raus, aber heute wollte Mats sie ja mit ins Präsidium nehmen, um ihr die Sachen der Toten zu zeigen. Sie nahm sich auch einen Kaffee und stocherte in ihrem Müsli herum. Hier und da nahm sie einen kleinen Löffel voll, aber Appetit schien sie heute nicht zu haben. Henrike räumte den Tisch ab, und die drei fuhren los. Wir wussten, für den Rest des Tages hatten wir unsere Geistervilla für uns allein. Fast wie in früheren Zeiten oder nein, eher doch nicht.

Zu der Zeit, bevor Mats und Henrike hier einzogen, war es überall staubig und unaufgeräumt, das ist nun ganz anders. Henrike ist eine gute Hausfrau und achtet sehr auf Ordnung und Sauberkeit. Ständig düst sie mit dem brummenden Staubsauger durch alle Räume.

„Schon wegen der vielen Katzenhaare", rechtfertigt sie ihren Eifer.

Dabei sind wir doch wirklich reinlich und putzen uns, so oft wir nur können. Auch die beiden Jungs hat Lady Mouse dazu angehalten. Mehr können wir ja nicht tun.

Shari, die auf dem Rücksitz saß, hatte eindeutig ein ungutes Bauchgefühl. Was wäre, wenn sie die Kleidung der Toten erkannte? Dann müsste sie Noemi, so hieß die vermisste Studentin, auch noch identifizieren, hatte Mats gesagt. Es würde ihm und seinen Kollegen sehr helfen, zu wissen, wer die Tote war. Das sah sie ein, aber Shari schauderte bei dem Gedanken in die Pathologie gehen zu müssen. Die Fahrt zur Dienststelle von Mats und Henrike dauerte nicht sehr lange. Mit klopfendem Herzen stieg Shari aus dem Auto aus.

„Keine Angst, Dir kann nichts geschehen, selbst, wenn Du die Klamotten der Toten erkennen solltest", versuchte Henrike sie zu beruhigen.

Shari nickte beklommen. Als sie das Büro betraten, saß der ältere Kollege von Mats schon hinter seinem Schreibtisch. Er schaute erstaunt auf, als er nicht nur Henrike und Mats, sondern auch Shari zusammen mit ihnen hereinkommen sah.

„Moin Heinz, das ist Shari, unsere Untermieterin. Möglicherweise kann sie uns helfen rauszufinden wer die Tote ist", informierte Mats seinen Kollegen.

„Moin zusammen. Das wäre prima, aber die Sachen von ihr sind schon in der Aservatenkammer."

„Ja, ich weiß, ich hole sie", antwortete Mats und verließ den Raum.

„Setz Dich doch, Shari", bot Henrike dem Mädchen einen Platz an.

Sie hatte Mitleid mit dem vor Aufregung zitternden, jungen Mädchen. Wortlos nahm Shari Platz.

„Möchten Sie vielleicht ein Glas Wasser?",
erkundigte sich auch sein Kollege Heinz
fürsorglich bei Shari.

Die schüttelte wortlos den Kopf. Einen
Augenblick später erschien Mats wieder
und hielt eine Plastiktüte in der Hand. Er
zog den Inhalt heraus und zeigte ihn Shari.
Die Jeans hätte jedem jungen Mädchen
gehören können, sie war wirklich nichts
Besonderes, aber als sie die weiße Bluse
sah, war Shari sofort sicher, dass Noemi
sie getragen hatte. Dieses Spitzenteil hatte
sie sehr bewundert und Noemi gefragt. wo
sie es gekauft hatte. „Im Internet günstig
geschossen", hatte sie daraufhin zu hören
bekommen. Mehr hatte Noemi nicht dazu
gesagt. Shari und sie waren ohnehin nie
enge Freundinnen gewesen, weil die
betuchte Noemi immer ein bisschen auf
die anderen Studentinnen herabsah, die
sich nicht mit teuren Markenklamotten
schmücken konnten. Noemi hatte
gelegentlich damit geprahlt, dass ihre
Eltern zwar vor einigen Jahren verstorben
waren, ihr aber eine nicht unbeträchtlich
hohe Summe hinterlassen hatten, die ihr

ein Studium und einen großzügigen Lebensstil erlaubte. Deshalb wohnte sie auch nicht, wie die meisten, im Studentenwohnheim, sondern teilte sich mit einem anderen Mädchen eine kleine Wohnung. Shari hatte mit ihr zwar einige Kurse besucht, aber nie zu der engeren Clique gehört, mit der Noemi sich umgab. Nun war sie sehr froh darüber. Sie strich vorsichtig über den weichen Stoff der Bluse und nickte.

„Ja, die Bluse kenne ich. Sie gehört, nein sie gehörte" verbesserte sie sich rasch, „Noemi Bessel."

Dann brach sie in Tränen aus. Henrike nahm sie in den Arm und versuchte sie zu trösten, während Mats ein sauberes Taschentuch aus der Hosentasche zog und es Shari reichte. Sie nahm es, tupfte sich tapfer die Tränen ab und sagte dann: „Es geht schon. Danke. Muss ich mir Noemi wirklich ansehen?"

„Ja, das solltest Du, aber keine Sorge, ich zeige Dir nur ihr Gesicht", versuchte Mats ihr Mut zu machen.

Daraufhin nickte Shari tapfer. „Okay",

flüsterte sie.

„Dann lass uns gehen. Je schneller Du es hinter Dir hast, desto besser", meinte Mats.

„Aber Henrike soll dabei sein", bat Shari.

„Kein Problem."

Wenig später standen die drei vor der Stahltür im Keller, durch die man in die Pathologie gelangte. Mats hatte die Ärztin schon von seinem Büro aus angerufen, die ihnen auf ihr Klingeln die Tür öffnete. Gemeinsam betraten sie den großen, steril wirkenden, weiß gekachelten Raum. Die Pathologin sah Shari mitleidig an, und führte sie zu einer Bahre. Darauf lag ein, mit einem grünen Tuch bedeckter, Körper. Frisch war es hier, fand Shari, und es roch streng nach einem Cocktail unbekannter Chemikalien. Shari erschauerte, aber sie riss sich zusammen. Wenn sie konnte, würde sie Mats helfen, außerdem war sie Noemi das schuldig, fand sie.

„Sind Sie soweit?", wurde sie gefragt.

„Ja", antwortete Shari fest.

Daraufhin schlug die Frau das Tuch, das den Körper der Toten bedeckte, ein wenig zurück und Shari sah das kalte, blasse

Gesicht von Noemi. Sie nickte nur, sprechen konnte sie in dem Moment nicht.

„Das reicht, vielen Dank, Du hast uns wirklich sehr geholfen", sagte Mats und führte sie aus dem Raum. Auf dem Flur war es mit Shari´s Beherrschung vorbei, und sie begann zu schluchzen. Nachdem sie sich ein wenig beruhigt hatte, und sie zurück im Büro waren, fragte sie: „Wie ist sie gestorben?"

„Offenbar hat sie eine Überdosis erwischt. Wir wissen allerdings noch nicht ob sie sich die selbst gespritzt hat oder ob es ein Unfall oder gar Mord war", gab Mats Auskunft. „Ich muss Dir noch einige Fragen stellen. Wird das gehen?"

Shari sah ihn an und antwortete leise: „Ja, ich weiß, deshalb sind wir ja hier."

„Gut, dann wüsste ich gern, mit wem Noemi enger befreundet war. Kannst Du mir da ein paar Namen nennen? Möchtest Du jetzt doch einen Kaffee oder ein Glas Wasser?", bot er ihr an.

„Nein, danke. Vielleicht später."

„Also gut. Wie lange kennst Du Noemi und welche Kurse hat sie besucht? Und, wie schon gesagt, uns interessiert vor allem wer näher Kontakt mit ihr hatte, damit wir diese Leute befragen können", fuhr er fort.

Shari antwortete so gut sie konnte auf seine Fragen. Anschließend unterschrieb sie das Protokoll, und dann schlug Mats vor: „Soll Dich einer der Kollegen zur Uni bringen oder möchtest Du heute lieber zuhause bleiben? Wenn Du willst, kann Henrike auch mitkommen und bei Dir bleiben."

Dankbar nickte Shari. „Ja, das wäre wirklich schön. Ich muss das alles erst mal verdauen."

„Das ist nur zu verständlich. Dann wird Euch jetzt ein Streifenwagen nach Hause bringen." Mit diesen Worten griff er zum Telefon: „Moin, hier ist Mats. Könnt Ihr bitte Henrike und eine junge Dame, die uns gerade sehr geholfen hat, nach Hause bringen? Alles klar, danke!" Dann wandte er sich an Henrike: „Die Kollegen von der Bereitschaft wissen Bescheid, Ihr könnt schon mal nach unten gehen."

„Ich nehme dann für heute Urlaub", schlug

Henrike vor.

„Nee, lass man, das geht schon in Ordnung so", wehrte Heinz ab.

„Umso besser, danke", sagte Henrike. „Komm Shari."

Shari war inzwischen so aufgewühlt, dass sie sich von Henrike willenlos nach draußen führen ließ, wo ein uniformierter Kollege von Mats schon auf sie wartete.

„Ich soll Euch nach Hause bringen", sagte er.

„Ja bitte, Du weißt ja Bescheid."

„Alles klar", antwortete der Fahrer, ließ den Motor an und fuhr los.

Auf der kurzen Rückfahrt blieben beide Frauen stumm, erst als sie sich in ihrem eigenen Wohnzimmer gegenübersaßen, brach Henrike das Schweigen.

„Das war hart, ich weiß. Aber es war mutig von Dir, uns das alles zu erzählen. Und mitzukommen in die Pathologie, das hat Dich bestimmt enorm Kraft gekostet. Als ich das erste Mal da unten zu tun hatte, bin ich aus den Latschen gekippt", vertraute sie Shari an.

„Wirklich?"

„Wirklich."

„Ich war mit Noemi ja nicht besonders gut bekannt und befreundet waren wir schon gar nicht, aber dieses schreckliche Ende hätte ich ihr nicht gewünscht."

„Nein, natürlich nicht", sagte Henrike mitfühlend. „Aber keine Sorge, Mats und seine Kollegen kriegen denjenigen, der ihr das angetan hat, ganz sicher."

Lady Mouse und ich hatten nicht so schnell mit der Rückkehr der beiden Frauen gerechnet, aber als das Polizeiauto vor unserer Haustür hielt, sind wir ihnen entgegen gelaufen. Aber keiner nahm Notiz von uns. Shari sah recht blass aus, und Henrike führte sie gleich ins Wohnzimmer. Natürlich waren wir äußerst neugierig und wollten wissen, warum sie so unerwartet schnell wieder zuhause waren. Normalerweise arbeiten Mats und Henrike immer bis zum späten Nachmittag und Shari ist in der Uni. Heute war alles anders. Wir wussten ja, dass die beiden Shari mit ins Polizeipräsidium genommen hatten, damit sie ihnen einiges über das tote Mädchen erzählen sollte. Offenbar hatte sie das tüchtig mitgenommen. Lady Mouse strich Shari liebevoll um die Beine und versuchte, sie auf ihre Art zu trösten. Normalerweise hätte Shari sich sofort zu ihr hinunter gebeugt um sie zu streicheln, aber heute schien sie Lady Mouse kaum wahrzunehmen. Also unterstützte ich meine Liebste und sprang Shari auf den Schoß. Das mache ich nur äußerst selten. Gedankenverloren legte sie ihre Hand auf meinen Kopf, und ich schnurrte so laut ich nur konnte. Henrike sah uns lächelnd zu. Dann sagte sie: „Siehst Du, die Katzen merken, dass etwas mit Dir nicht in Ordnung ist. Sie wollen Dich trösten. Möchtest Du, dass wir in die Stadt gehen und ein Eis essen, damit Du Dich ablenken kannst oder bist Du müde?"

Shari überlegte einen Moment, bevor sie antwortete: „Ich weiß nicht wieso, aber ich möchte mir den Platz anschauen, an dem Noemi gestorben ist."

„Willst Du das wirklich?"

„Ja, vielleicht fällt mir dort noch etwas ein. Es ist doch nicht weit von hier oder?"

Sofort sprang ich von Shari's Schoß. Vielleicht würde es uns gelingen, die beiden auf den Platz aufmerksam zu machen, an dem Lady Mouse und ich die Reste von dem weißen Pulver gerochen hatten. Geregnet hatte es seitdem nicht, vielleicht war davon noch etwas zu sehen. Meine Liebste hatte die gleiche Idee und maunzte sofort ihre Zustimmung.

„Also gut, wenn es Dir hilft, dann gehen wir ins Wäldchen. Es ist eigentlich ein so schöner, ruhiger Ort", stimmte Henrike zu. „Aber, wenn Du Dich doch unwohl dabei fühlst, dann musst Du es mir sofort sagen."

„Ja klar."

Dann verließen wir alle das Haus. Wenn Henrike oder Shari sich wunderten, dass wir mitliefen, dann zeigten sie es jedenfalls nicht. Das Wäldchen beginnt am Ende unserer Straße und gehört mit zu unserem Revier. Wir waren schon häufig dort, allerdings sind wir selten so weit vorgedrungen bis zu dem Platz an dem wir die Überreste von dem weißen Pulver gefunden hatten. Aber, je näher wir zum Wäldchen kamen, desto langsamer wurden die Schritte von Shari, und Henrike fragte sie besorgt: „Sollen wir doch lieber umkehren?"

„Nein, es geht schon."

Dann preschten Lady Mouse und ich ein Stück vor, blieben stehen und schauten uns um. Wir mussten uns ja vergewissern, dass Shari und Henrike uns auch folgten.

„Was haben denn die Katzen nur? Fast scheint es mir, als wollten sie uns etwas zeigen", stöhnte Henrike.

„Ja, genau", maunzte ich.

Dann liefen wir weiter, und Shari und Henrike folgten uns.

„Ich glaube, hier ungefähr muss es gewesen sein", meinte Henrike. „Ich war nicht dabei, aber Mats hat mir erzählt, dass ein Spaziergänger und sein Hund die Tote entdeckt haben. Ihr Körper war notdürftig mit Laub und Ästen zugedeckt, aber der Hund hat gerochen, dass etwas nicht stimmte und laut gebellt, das hat sein Herrchen erzählt."

Sie mal an, ab und zu sind auch Hunde zu etwas nütze, dachte ich. Henrike und Shari blieben stehen, um den Fundort der Leiche auf sich wirken zu lassen.

„Ihr müsst noch ein kleines Stück weiter gehen", miaute ich.

Und Lady Mouse zerrte an Henrike´s Hosenbein, um ihr das klar zu machen.

„Was hast Du denn? Sollen wir etwa mitkommen", fragte sie.

„Maaaauuuuuuuuuuuu", jodelten wir nun zweistimmig.

Endlich hatte sie es begriffen, denn sie folgte uns und Shari auch. Es war nicht mehr weit bis zu der Lichtung, auf der wir das Pulver und die Spritze gefunden hatten. Durch die hohen Baumkronen fielen ein paar Sonnenstrahlen auf den Waldboden und malten helle Kringel auf das Moos.

„Das ist ein schöner Platz", fand Shari. „Er wirkt so friedlich auf mich."

„Ja, normalerweise ist er das auch", antwortete Henrike.

Lady Mouse hatte zwischen dem hohen Gras die Stelle wiedergefunden, an der wir die Pulverreste gerochen hatten. Viel war davon wirklich nicht mehr zu sehen, aber den Geruch nahmen wir immer noch recht deutlich wahr. Außerdem fanden wir das Plastiktütchen wieder, und auch die leere Spritze lag noch da. Als die Schwester von Henrike zu Besuch bei uns war, hat sie sich täglich mit so einem Ding in den Bauch gepikst, weil sie Diabetes hat, die Arme. Das habe ich so am Rande mitbekommen. Genau so ein Päckchen mit weißem Pulver war Shari aus der Hand gefallen, als sie versucht hatte, dessen Inhalt durch die Nase hochzuziehen. Aber eine Spritze hatten wir bei ihr nicht gesehen. So laut wir nur konnten, maunzten wir beide gleichzeitig, und endlich wurde Henrike aufmerksam.

„Was ist denn nur los mit Euch?", wollte sie wissen und trat näher.

Sie bückte sich und entdeckte das Plastiktütchen. Schnell hob sie es mit einem Taschentuch vorsichtig auf. Zum Glück fiel ihr auch die Spritze ins Auge, weil Lady Mouse die mit der Pfote anstupste und ihr entgegen rollen ließ.

„Hör auf, das ist kein Spielzeug", sagte Henrike streng zu ihr.

Sie hat in dem Moment sicher nicht

verstanden, das dieses Manöver Absicht war, aber es sei ihr verziehen. Dann zog sie noch ein Papiertaschentuch hervor und nahm die Spritze ebenfalls mit.

„Ich glaube, damit haben wir noch zwei weitere Beweisstücke entdeckt", sagte sie zu Shari. „Noemi´s Leiche ist ja ein Stück weiter vorn gefunden worden, daher hat hier niemand mehr nach Spuren gesucht. Vielleicht hat sich die Clique von Noemi auf der Lichtung zum Kiffen getroffen, kann das sein?"

Ich weiß nicht - vielleicht", antwortete Shari achselzuckend. „Ich war nie dabei, und nachdem ich Noemi deutlich gemacht hatte, dass ich damit nichts zu tun haben wollte, hat sie mich auch nie mehr darauf angesprochen. Sie wollte bloß, dass ich die Klappe halte und sie nicht verpfeife, weil sie mit Drogen dealt. Aber das hätte ich sowieso nicht gemacht."

„Auf jeden Fall müssen wir Mats von unserem Fund berichten, aber ich habe mein Smartphone nicht dabei. Lass uns nach Hause gehen, damit ich ihn anrufen kann", bat Henrike.

„Ist gut, ich möchte sowieso nach Hause",
stimmte Shari ihr zu.

Also gingen wir zurück zur Geistervilla.
Titus und Panino waren mit Ylvie im
Garten. Sie hatten uns schon vermisst. und
natürlich mussten wir ihnen nun doch
reinen Wein einschenken. Ylvie schaute
ganz erschrocken, als sie das hörte. Aber
Panino, ganz Kavalier, beruhigte sie sofort.
„Keine Angst, ich passe schon auf Dich
auf." „Und ich auch", bekräftigte Titus.
Lady Mouse und ich sahen uns befriedigt
an, in dem Moment waren wir wieder mal
echt stolz auf die beiden.

Zuhause angekommen, verabschiedete
Shari sich, indem sie gleich in ihr Zimmer
ging, und Henrike griff zum Telefon, um
Mats über ihren Fund zu berichten. Er war
mit seinem Kollegen zur Uni gefahren, um
dort die Freunde von Noemi zu befragen.
Mit einem jungen Mann, Kai, hatten sie
schon gesprochen. Der hatte zuerst heftig
bestritten zu der Clique um Noemi zu
gehören, aber als Mats ihm auf den Kopf
zugesagt hatte, dass es dafür Zeugen gab

und dieser Umstand allein ja schließlich noch nicht strafbar war, hatte er eingelenkt und zugegeben Noemi zu kennen.

„Wir besuchen einige Kurse zusammen, und ich mochte sie, sehr sogar. Aber leider beruhte das nicht auf Gegenseitigkeit. Ich wollte ihr nahe sein, deshalb bin ich ab und zu mitgegangen. Und vor schwierigen Arbeiten habe ich auch schon mal geschnupft, um mich besser konzentrieren zu können. Aber selbst habe ich nie gedealt, das müssen Sie mir einfach glauben. Außerdem wäre Noemi garantiert echt sauer geworden, wenn ihr dabei jemand in die Quere gekommen wäre."

Das klang einleuchtend, fanden die beiden Beamten.

„Wer war noch dabei?"

„Luca Schnelle, dann auch noch Manuel Schneidereit, Sylke Bölling und Martina Vossler, soweit ich weiß."

Das waren exakt die Namen, die Shari ihm genannt hatte.

„Und das waren alle?", vergewisserte sich der Kollege von Mats.

„Ich glaube, Noemi hat noch einige andere

Leute vorsichtig darauf angesprochen, ob sie Stoff haben wollten, aber ob von denen jemand bei ihr etwas gekauft hat, weiß ich nicht. Wir sechs waren jedenfalls einige Male zusammen in dem Wäldchen am Stadtrand."

„Und dort habt Ihr gemeinsam gekifft?"

„Ja, aber es ging uns allen immer gut danach. Keiner hatte einen schlechten Trip. Der Stoff, den Noemi uns gegeben hat war sauber, aber ich hatte Angst, dass man mit der Zeit die Dosis erhöhen musste, um immer noch die gleiche Wirkung zu haben. Schon deshalb wollte ich mich nicht daran gewöhnen, außerdem ist mir langsam das nötige Kleingeld ausgegangen. Billig war das Zeug nicht, aber Noemi hatte recht, wenn man das vor einer schweren Klausur geschnupft hat, konnte man sich sehr viel besser konzentrieren. "

„Wann warst Du das letzte Mal dabei?"

„Vor zwei Wochen, und dabei habe ich mir für die nächste Klausur auch noch eine Portion davon geben lassen. Ich denke, die Anderen haben sich danach noch mal getroffen. Die haben den Koks auch zwischendurch geschnupft, einfach so zum Spaß."

„Weißt Du, was Du da sagst? Man kann von dem Zeug ruck zuck süchtig werden. Hast Du mal daran gedacht? Es war pures Glück, dass Dir das nicht passiert ist, Freundchen."

Verlegen senkte der Junge den Kopf und schwieg.

„Woher hatte Noemi den Stoff?"

„Das weiß ich nicht, hat mich auch nie interessiert."

„Gut, das war's erst mal. Darum sollen sich die Kollegen kümmern, für uns geht es in erster Linie um die Aufklärung ihres Todes. Aber Du musst bitte noch zum Präsidium kommen, damit wir Deine Aussage zu Protokoll nehmen können."

Nach diesem Gespräch hatten sie ihn laufen lassen, und wollten sich die Anderen vornehmen, als Henrikes's Anruf Mats erreichte.

„Danke, dass bestätigt die Aussage eines Studenten, der einige Male dabei war. Du kannst den Jungs also die Stelle zeigen, das ist prima", bedankte er sich. „Pass auf, ich schicke sie gleich los. Sie sollen bei uns zuhause vorbeikommen, dann führ sie bitte hin, geht das? Wir haben hier noch zu tun."

Dann wandte er sich an seinen Kollegen und berichtete auch ihm von Henrike´s Entdeckung. Der hatte sich inzwischen nach den Kursen der anderen Studenten erkundigt und erfahren, dass Sylke Bölling und Martina Vossler zurzeit gemeinsam in einer Vorlesung bei Professor Thomé zu finden waren

„Manuel Schneidereit und Luca Schnelle haben heute keinen Unterricht", hatte man ihm im Sekretariat erklärt. „Aber beide wohnen derzeit im Studentenwohnheim. Möglicherweise werden Sie die beiden dort antreffen."

„Vielen Dank, dann kümmern wir uns erst mal um die zwei jungen Damen."

Mats und er ließen sich den Weg zum Vorlesungsraum von Professor Thomé beschreiben und klopften.

„Herein", erscholl eine ärgerliche Stimme.

Beide Beamte zückten schnell ihre Dienstausweise. „Verzeihen Sie bitte, dass wir hier so hereinplatzen, aber es ist wichtig. Sind Sylke Bölling und Martina Vossler anwesend?", fragte Mats.

Professor Thomé nickte ungnädig und gab den beiden jungen Mädchen einen Wink. Sie waren offensichtlich nicht gerade erfreut, jetzt aus der Vorlesung geholt zu werden. Vor allem Sylke Bölling, fragte in arrogantem Tonfall: „Was wollen Sie? Haben Sie überhaupt das Recht, hier so einfach aufzutauchen?"

„Das kann ich Ihnen sagen. Wir wissen, dass Sie beide mit Noemi Bessel bekannt waren. Und wir wissen auch, dass Sie von ihr Drogen erhalten haben. Wir haben ihre Leiche in einem kleinen Wäldchen am Stadtrand gefunden."

„Noemi ist tot?", fragte Martina Vossler entsetzt. „Wir haben sie einige Tage nicht gesehen, aber das war eigentlich nichts Ungewöhnliches. Sie nahm sich häufiger mal eine Auszeit."

„So wie es aussieht, ist sie an einer Überdosis gestorben. Wir wissen, dass Sie alle gemeinsam in dem Wäldchen gekifft haben. Das können Sie nicht bestreiten.

Aber wann haben Sie Noemi Bessel zum letzten Mal gesehen?"

Bei dieser Frage wurden beide Mädchen sichtlich unruhig. Martina Vossler fasste sich als Erste: „In der letzten Woche waren wir eines Abends mit der Clique im Wald. Ich glaube, das war am Dienstag. Hat man sie etwa dort gefunden?"

Dabei schaute sie fragend zu Sylke hinüber. Die bestätigte: „Stimmt, am Dienstag waren wir zuletzt dabei, aber wir sind früher gegangen."

„Warum sind Sie gegangen? Wie verlief dieser Abend?", hakte Mats nach.

„Anfangs war alles easy. Wir haben etwas getrunken, haben eine Nase gezogen, und dann hat Noemi plötzlich einen Rappel gekriegt. Sie hat eine Spritze aus der Tasche gezogen und hat gesagt, das wäre das Allergrößte. Damit schafft Ihr locker jede Prüfung, hat sie behauptet, aber wir wollten das lieber nicht probieren. Nach einer Weile hat sie lauter dummes Zeug gefaselt und begonnen sich auszuziehen. Ich glaube, sie hat die beiden Jungs echt scharf gemacht, aber das ging uns zu weit, deshalb sind wir gegangen", berichtete Martina Vossler. Sylke Bölling bestätigte diese Aussage.

„Und die beiden Jungs sind geblieben und Noemi auch", stellte der Kollege von Mats fest.

„Ja", antworteten beide Mädchen wie aus einem Munde.

„Und Sie haben sie seitdem nicht mehr gesehen?"

„Nein."

Die Kommissare nickten sich zu. Das kam hin, nachdem was der Gerichtsmediziner festgestellt hatte, war Noemi Bessel am Dienstagabend zwischen zehn Uhr abends und Mitternacht gestorben.

„Was ist mit Luca Schnelle und Manuel Schneidereit? Haben die später noch etwas über den Verlauf des Abends erzählt?"

„Nein", antwortete Martina Vossler.

Und Sylke Bölling gab zu: „Ich habe Luca am Mittwoch noch mal gesehen. Das war in der Mensa. Aber er wollte nichts mehr über den weiteren Verlauf des Abends sagen. Ich glaube, es war ihm peinlich, jedenfalls hat er gemauert, und deshalb habe ich nicht weiter nachgefragt. Wenn ich so darüber nachdenke, habe ich weder ihn noch Manuel seither gesehen", behauptete sie.

Das mochte wahr sein oder auch nicht. Mats und sein Kollege Heinz waren da keinesfalls sicher, aber zunächst gaben sie sich mit der Aussage der beiden Mädchen zufrieden, und baten sie ebenfalls ins Präsidium, damit sie dort ein Protokoll unterschreiben konnten.

„Wenn Du mich fragst, dann stimmt da irgendwas nicht", meinte Mats. „Da ist sicher mehr passiert, als die beiden uns gesagt haben."

„Lass uns erst mal ins Studentenwohnheim fahren, vielleicht erwischen wir die beiden Jungs dort", schlug Heinz vor.

Im Studentenwohnheim trafen sie nur Manuel Schneidereit an. Mats und sein Kollege konfrontierten ihn sofort mit der Aussage der beiden Studentinnen. Er wurde blass und knickte schnell ein: „Soweit stimmt es. Ich glaube, die beiden waren eifersüchtig auf Noemi. Sie war immer so locker und gut drauf, außerdem sah sie blendend aus. Wir waren eigentlich alle verknallt in sie."

„Hatten Sie was mit ihr?"

„Nee, hätte ich gern, aber dazu ist es nie gekommen."

„Wirklich nicht? Auch nicht an dem Abend?", hakte Mats nach.

„Nein, wirklich nicht, es war kurz davor, aber plötzlich ist sie umgekippt und hat plötzlich nur noch ganz flach geatmet. Und dann war es vorbei."

„Heißt das, sie war tot?"

„Ja, da waren wir uns ziemlich sicher", antwortete er ausweichend.

„Was heißt das? Sie hätten auf jeden Fall den Notarzt rufen müssen!", belehrte ihn der Kollege von Mats in strengem Ton.

„Ich weiß, aber der hätte ihr bestimmt nicht mehr helfen können, und wir wollten doch nicht mit dem Stoff erwischt werden."

„Stattdessen haben Sie lieber den Tod eines Mädchens in Kauf genommen? Welche Logik ist das denn?", empörte sich Mats.

„Und was geschah dann weiter?" fragte sein Kollege.

„Wir wollten Ärger vermeiden. Luca´s Vater ist doch Richter, der hätte seinen Sohn platt gemacht, wenn er wüsste, dass Luca kifft, um das Studium durchziehen zu können. Der hält Luca ohnehin kurz, deshalb wohnt er ja auch hier und nicht zuhause oder in einer eigenen Wohnung. Das Geld dafür könnte sein Vater ohne Probleme lockermachen", versuchte er sich halbherzig zu verteidigen. „Aber wir waren wirklich sicher, dass sie tot war, deshalb haben wir sie wieder angezogen, einen passenden Platz gesucht und ihre Leiche ein Stück weiter unter Ästen und Blättern versteckt. Was hätten wir sonst machen sollen? Es war ein Unfall, das müssen Sie mir glauben!", flehte er weinerlich. „Wir wussten, da wird sie irgendwann gefunden. Seitdem geht es mir echt beschissen, ich habe sogar schon überlegt, ob ich mich bei der Polizei melden und alles sagen sollte, aber Luca wollte das nicht."

„Wo ist Ihr Freund?"

„Der hat sich für ein paar Tage abgesetzt und ist zu seinen Eltern gefahren", gab er Auskunft.

„Sie haben Noemi Bessel vielleicht nicht umgebracht, aber wegen unterlassener Hilfeleistung werden Sie auf jeden Fall belangt. Bitte packen Sie ein paar Sachen zusammen und kommen Sie."

Mit tief gesenktem Kopf verließ Manuel Schneidereit das Studentenwohnheim. Die beiden Beamten brachten ihn zunächst ins Präsidium, wo er in Untersuchungshaft genommen wurde. Dann machten sie sich auf den Weg zum Elternhaus von Luca Schnelle.

Dort erwartete sie allerdings eine kleine Überraschung, denn auf ihr Klingeln öffnete Richter Schnelle persönlich.

„Ich habe Sie erwartet, meine Herren", begrüßte er sie. „Bitte treten Sie ein."

Mit diesen Worten führte er sie in ein geräumiges Wohnzimmer. Dort saßen schon seine Ehefrau, ein weiterer Mann und sein Sohn Luca, der erschrocken aufsah, als er die Beamten erblickte. „Du

machst jetzt reinen Tisch, Sohnemann",
forderte Richter Schnelle seinen Filius auf,
nachdem er den Kommissaren seine
Ehefrau und den anderen anwesenden
Herrn vorgestellt hatte.

„Das ist mein Freund, Rechtsanwalt Dr.
Droste. Er wird die Verteidigung unseres
Sohnes übernehmen."

Im Großen und Ganzen erzählte Luca
Schnelle das, was die beiden Studentinnen
und auch Manuel Schneidereit bereits
ausgesagt hatten. Und auf die Frage woher
Noemi Bessel das Rauschgift hatte, wusste
er ebenso wenig eine Antwort wie alle
anderen Zeugen.

„Als sie plötzlich reglos dalag haben wir
die Panik bekommen. Ich weiß, wir hätten
sie nicht verstecken sollen, aber in dem
Moment schien uns das die einzige Lösung
zu sein."

„Die Konsequenzen dieser Handlung
haben Ihr Vater und Ihr Anwalt Ihnen
sicher schon erklärt, nehme ich an", sagte
der Kollege von Mats.

„Ja, ich weiß, wir haben Mist gebaut. Aber
ich musste das alles erst mal verdauen,

deshalb bin ich nach Hause gefahren. Meine Mutter hat sofort gemerkt, dass mich etwas bedrückt, aber ich konnte es ihr einfach nicht sagen. Am Ende hat sie es natürlich doch aus mir rausgekriegt, und eigentlich bin ich froh, dass es vorbei ist", stammelte Luca.

Seine Mutter war sichtlich bewegt von diesen Worten. Dann stand sie auf, nahm ihren Sohn in den Arm und sagte: „Es wird alles gut werden."

Für Noemi Bessel wird nichts mehr gut, dachte Mats betroffen, aber er schwieg.

Richter Schnelle sah mit versteinertem Gesicht zu, wie seine Ehefrau ihren Sohn trösten wollte. Dann fragte er: „Ich glaube, das wäre im Moment alles meine Herren oder?"

Mats und sein Kollege nickten. Dann nahmen sie auch Luca Schnelle in ihre Obhut und brachten ihn zum Präsidium. Mit so einem einflussreichen Vater würde ihm sicher nicht allzu viel geschehen. Außerdem hatte er, wie auch seine Freunde geschworen, die Spritze nicht angefasst zu haben. Die Spurensicherung würde sehr schnell herausfinden ob außer Noemi´s eigenen Fingerabdrücken noch andere daran zu finden waren oder nicht. Möglicherweise war es tatsächlich ein Unglücksfall gewesen, denn an einen Selbstmord der Studentin mochten die beiden Ermittler nicht glauben.

„Uff, das war vielleicht ein Tag!", sagte Mats, als er nach Hause kam. Lady Mouse, Panino, Titus und ich hatten seine Heimkehr schon mit Ungeduld erwartet. Ob es wohl schon Neuigkeiten in diesem mysteriösen Todesfall gab? Sogar unsere Jungs wollten nicht eher nach draußen, bevor sie das wussten. Als Mats mit Shari und Henrike beim Abendessen saß, erzählte er ihnen das Wichtigste. Einige Einzelheiten ließ er allerdings weg, denn er wusste, dieser Fall hatte die beiden Frauen ohnehin sehr erschüttert. Vor allem Shari, die Noemi Bessel ja gekannt hatte.
„Hat denn die Spusi im Wald noch mehr rausgefunden?", fragte Henrike.
„Nichts Wesentliches, nein, aber es war trotzdem gut, dass wir sie noch mal

hingeschickt haben."

„Ich hoffe bloß, dass wir jetzt endlich zur Ruhe kommen können", meinte Henrike.

„Das hoffe ich auch!", bekräftigte Mats.

Er hat ja täglich mit Verbrechen zu tun, aber zum Glück selten sozusagen direkt vor seiner Haustür. Und wir legen ohnehin keinen Wert darauf wieder in irgendwelche dunklen Machenschaften der Menschen verwickelt zu werden. In unserer Katzen-welt erleben wir andere Abenteuer und die sind viel schöner!

Sputnik

Ich bin schon als winziges Katerchen zu Tamara gekommen. Seitdem bin ich ihr Weggefährte und ständiger Begleiter, dass bedeutet mein Name nämlich auf Russisch. Tamara und ihre Eltern sind seinerzeit aus Russland nach Deutschland gekommen. Anfangs hatte Tamara oft Heimweh und fühlte sich hier gar nicht zuhause. Deshalb brauchte sie einen Freund wie mich. Jetzt ist das zum Glück anders geworden, und seitdem sie so gut Deutsch gelernt hat, ist sie mit einigen Mädchen aus der Schule befreundet. Die kommen nachmittags oft hierher und machen dann gemeinsam ihre Hausaufgaben oder spielen im Garten. Ich bin fast immer dabei, und das wissen und akzeptieren auch alle.

Anders als Tamara, sie ist jetzt acht, bin ich inzwischen erwachsen geworden, und meine Familie lässt mir viele Freiheiten. Wenn Tamara im Bett liegt und schläft, dann kann ich mich um mich selbst kümmern. Weil ich eine Katzenklappe habe, kann ich jederzeit kommen und gehen wie ich möchte. Vor allem, wenn es im Sommer so schön warm ist und der Mond scheint, dann bin ich nur zu gern draußen. In unserer Straße wohnen noch drei andere Kater, mit denen ziehe ich in diesen Nächten gern mal um die Häuser. Mao ist mein bester Kumpel, mit dem verstehe ich mich prima. Wir beide kriegen nie Stress, während das mit Archie und Beule schon mal anders sein kann. Archie ist nämlich launisch, und wenn er zuhause Ärger gehabt hat, dann lässt er den an uns Anderen aus. Beule ist ohnehin ein Einzelgänger. Woher er kommt, dass weiß niemand, er ist ein Streuner, der sich in unserer Gegend niedergelassen hat. Er will auch kein festes Zuhause, sagt er. So ganz glaube ich ihm das nicht, aber nun ja. Jedenfalls hatten wir am Anfang mit Beule alle ein Problem. Er tauchte eines Tages wie aus dem Nichts hier auf und meldete ganz dreist seine Ansprüche auf das Revier an, wo gibt's denn sowas? Aber Archie hat ihm seine Grenzen gezeigt, anschließend hatten beide zerfranste Ohren und auch einige andere Verletzungen. Archie´s Leute sind mit ihm zum Tierarzt gefahren, während Beule sich allein helfen musste. Seither ist er friedlicher geworden. Wir beide waren uns am Anfang zwar auch nicht sonderlich sympathisch, aber wir haben schnell gelernt uns gegenseitig zu tolerieren. Und wenn es sich ergibt, streifen wir auch schon mal alle zusammen durch die Siedlung. So war das auch, als der böse Mann Mao entführt hatte. Da brauchten wir jede Pfote, um ihn zu befreien. Das war ein tolles Ding, sage ich Euch.

Mao ist ein kräftiger, karamellfarbener Maine -Coon-Kater mit langen Haaren und einem unglaublich buschigen Schwanz. Weil er, im Gegensatz zu uns anderen Katern, reinrassig ist, haben seine Leute sicher viel Geld für ihn berappen müssen. Aber Mao selbst ist das völlig wurscht, er ist nicht eingebildet, kein bisschen. Ich glaube, anfangs hatten seine Katzeneltern große Angst, dass er mal von jemandem geklaut werden würde, deshalb haben sie ihn lange Zeit nur im Haus gelassen. Bis dann dieser unglaublich heiße Sommer kam. Nachdem er ihnen einige Male doch nach draußen entwischt war, haben sie wohl eingesehen, dass er auch Freigänger sein wollte, wie wir alle hier. Seitdem klappt das besser. Wenn es dunkel ist, dann soll Mao allerdings drinnen bleiben, aber ab und zu tut er einfach so, als würde er ihr Rufen nicht hören. Dann bleibt er nachts auch draußen, um mit uns die Siedlung unsicher zu machen.

Der seltsame Mann, der in einem der alten Mietshäuser in der Nähe wohnt, war schon immer ein wenig anders als die anderen Menschen die ich kenne. Er sprach mit niemandem, grüßte nicht und hielt sich immer ein bisschen abseits. Er lebt schon länger dort, aber bis dahin war er nicht weiter auffällig. Allerdings, seitdem Mao öfter draußen war, haben wir alle bemerkt, dass der ihn häufig zu sich gelockt und ihm ein Leckerchen gegeben hat. Dabei haben wir uns aber noch nicht viel gedacht, und Mao wohl auch nicht. Der hat das Leckerli genommen, sich vielleicht kurz streicheln lassen und ist dann wieder seiner Wege gegangen. Aber dann war er eines Tages verschwunden. Erst dachte ich, dass er an dem Tag einfach im Haus geblieben wäre, weil er keine Lust zum Spielen hatte, aber als er abends zum Füttern rein gerufen wurde und nicht aufgetaucht ist, da kam mir das doch komisch vor. Der Mao lässt nämlich normalerweise keine Mahlzeit aus, so wie ich ihn kenne. Nur wenig später liefen seine Dosis durch die Straßen und haben immer und immer wieder nach ihm gerufen, da war mir endgültig klar, dass etwas nicht stimmen konnte. Dann haben sie sogar bei allen Nachbarn geklingelt und sich erkundigt ob sie Mao gesehen hätten oder ihn eventuell versehentlich irgendwo eingesperrt haben könnten. Tamara und ihre Eltern haben sie natürlich auch befragt, aber die wussten auch nicht wo Mao war. Also habe ich die Anderen zusammengetrommelt, und wir haben versucht seine Spur aufzunehmen. Es hatte am Tag zuvor geregnet, deshalb war das gar nicht so einfach, aber ausgerechnet Beule, er hat die feinste Nase von uns wie sich herausgestellt hat, hatte tatsächlich als Erster Mao´s Witterung in der Nase. Mao hat nämlich die Angewohnheit ab und zu mal einen Tropfen zur Markierung fallen zu lassen. Zwar roch man das nur noch ganz schwach, aber Beule konnte diesen Duft trotzdem bis zu den Mülltonnen, die neben dem großen alten Mietshaus stehen, verfolgen. Da wohnt dieser Mann, das wussten wir alle.

„Meint Ihr, der hat Mao?" hat Beule ungläubig gefragt.

Archie hat nur mit den Ohren gezuckt und nicht geantwortet, aber ich war mir plötzlich ganz sicher, dass es nur so sein konnte, denn wenn er einen Unfall gehabt hätte, dann hätten wir das bestimmt mitgekriegt oder seine Katzeneltern hätten ihn gefunden. Deshalb habe ich vor-geschlagen, dass wir ab jetzt die Wohnung von dem Mann abwechselnd bewachen sollten. Er geht morgens immer ganz früh aus dem Haus, das wusste ich, und in der Nacht würden wir ohnehin nichts ausrichten können.

„Wer übernimmt die erste Wache?", wollte Beule wissen.

„Ich mache das", habe ich sofort gesagt.

„Gut, mittags löse ich Dich dann ab", schlug Archie vor.

Er schläft gern lange, das wissen wir alle.

„Und am späten Nachmittag komme ich und passe auf."

Dieses Angebot kam von Beule.

„So machen wir es", bestätigte ich.

Und dann haben wir alle zur Bekräftigung dieser Abmachung noch unsere Pfoten aufeinandergelegt, bevor wir uns wieder getrennt haben. In dieser Nacht habe ich sehr unruhig geschlafen. Ich habe mir große Sorgen um Mao gemacht, das könnt Ihr Euch sicher vorstellen. Und sobald es zu dämmern anfing, bin ich durch meine Katzenklappe nach draußen gehuscht. Tamara hat sich ganz bestimmt gewundert, dass ich so ganz ohne mir ein paar Frühstückskörnchen zu gönnen aus dem Haus geflitzt bin, aber das konnte ich in dem Moment nicht ändern. Mir war einfach nicht danach. Ich war mir ganz sicher, dass Mao dringend meine Hilfe brauchte. Lange habe ich hinter den Mülltonnen ausgeharrt, bis eine Frau aus dem Haus kam. Sie ging zu ihrem Auto, stieg ein und fuhr weg. Danach passierte wieder eine Zeit lang nichts. Inzwischen war mir klar, dass ich irgendwie ins Haus gelangen musste, aber wie sollte ich das anstellen? Wenn der nächste Mieter rauskommen würde, dann müsste ich versuchen mit rein zu huschen, also legte ich mich direkt neben der Haustür auf die Lauer. Ich wusste ja bis dahin nicht mal in welcher Etage der komische Mann wohnte. Aber dann hatte ich unerwartet Glück. Ein Besucher kam, klingelte und dann konnte er die Tür aufdrücken. Als er eintrat, bin ich schnell an ihm vorbeigeflitzt, und drin war ich. Der Gast marschierte eine Treppe höher, da stand eine junge Frau in der Wohnungstür und wartete schon auf ihn. Die Wohnung konnten wir also schon mal abhaken. Also bin ich wieder zurück ins Erdgeschoss gelaufen und habe mich, möglichst unauffällig, in eine Ecke des Flures gekauert. Und dann passierte es, der seltsame Mann kam mit einer Tüte aus seiner Wohnung und rief jemandem zu: „Ich komme gleich zurück, dann kriegst Du was Feines, sei schön brav bis dahin!" Bildete ich mir das nur ein oder hatte ich wirklich ein leises Miauen gehört? Sicher war ich mir in dem Augenblick nicht, aber ich wusste instinktiv, dass, ich diesem Mann auf den Fersen bleiben sollte. Als er die Haustür öffnete, habe ich mich an ihm vorbeigeschlängelt und bin schnell wieder raus ins Freie geflitzt. Anschließend habe ich die Verfolgung aufgenommen und den Verdächtigen beschattet. Er ging zu dem örtlichen Supermarkt, und da durfte ich natürlich nicht mit rein, aber als er wieder rauskam, trug er eine große, schwere Tragetasche. Auf dem Rückweg bin ich bin ihm wieder in sicherem Abstand gefolgt. Er hatte mich ja schon einmal gesehen, daher war das gefährlich genug. Wie ich mir schon gedacht hatte, ging er zum Haus zurück, schloss die Haustür auf und verschwand. Dieses Mal bin ich lieber draußen geblieben, wer weiß ob ich sonst so schnell wieder rausgekommen wäre.

Dann bin ich vorsichtig ums Haus herum geschlichen und habe dabei die Fenster im Erdgeschoss beobachtet. Aber da waren in allen Räumen die Vorhänge zu, daher hat das nichts gebracht. Dafür habe ich entdeckt, dass eines der Kellerfenster einen Spaltbreit offen war, vielleicht hatte der Wind es aufgedrückt. Auf jeden Fall musste ich mir das näher anschauen, denn wenn man dadurch ohne Probleme ins Haus kommen könnte, wäre das sicher ein Vorteil. Ganz vorsichtig habe ich das Fenster mit der Pfote ein bisschen weiter aufgeschoben und siehe da, es klappte. Schwups, dann war ich drin und landete auf einem alten, klapprigen Stuhl. Klasse, dachte ich, denn auf diese Weise konnte ich ebenso einfach wieder nach draußen kommen. In diesem alten Haus sind die Keller nur mit hölzernen Gitterstäben verschlossen, und ein schlanker Kater wie ich, der kann sich ohne Schwierigkeiten da hindurchzwängen. Wenig später stand ich dann wieder vor der Wohnungstür des Verdächtigen und habe die Ohren gespitzt, um etwas zu hören. Er sprach mit jemandem, bekam aber keine Antwort. Was er sagte, das konnte ich allerdings nicht verstehen, aber ich war mir immer sicherer, dass es Mao war, mit dem er redete. Allein konnte ich nicht viel ausrichten, soviel war klar. Aber Archie würde ja sicher bald kommen. Also bin ich wieder nach draußen gelaufen und habe meinen Posten hinter den Mülltonnen wieder eingenommen, damit Archie nicht denken sollte, ich wäre womöglich getürmt und hätte Mao in Stich gelassen. Da muss ich wohl eingedöst sein, denn ich wachte erst auf, als ich spürte, wie eine Pfote mich sanft anstupste. Das war Archie.

„Du bist mir ja eine schöne Schlafmütze!", schimpfte er. „Hast Du wenigstens ein paar Neuigkeiten?", erkundigte er sich süffisant.

„Klar, eine ganze Menge sogar", habe ich mich verteidigt und ihm berichtet was ich bis dahin ermittelt hatte.

„Schön und gut, aber wie wissen immer noch nicht, ob er Mao wirklich in seiner Gewalt hat oder nicht", dämpfte Archie meinen Eifer.

Immerhin ließ er sich von mir den Weg ins Haus zeigen und versprach, dass er sofort Bescheid geben würde, wenn er auch nur ein Schnurrhaar von Mao zu Gesicht bekommen sollte. Dann bin ich erst mal nach Hause gegangen, um mich eine Runde aufs Öhrchen zu legen.

Als ich da ankam, sah ich unterwegs schon die vielen Plakate an den Bäumen hängen. Auf jedem prangte ein großes Foto von Mao und das Wort gesucht stand in Großbuchstaben darüber. Sieh an, seine Dosis hatten schon einiges in Bewegung gesetzt, um ihn zurück zu kriegen - gut so, dachte ich. Dann bin ich schnell durch meine Katzenklappe ins Haus geschlüpft und habe erst mal einen Blick in meinen Fressnapf geworfen. Aber da war nur gähnende Leere, was sollte das denn? Das Nassfutter kriege ich ja immer frisch serviert, aber wenigstens ein paar Körnchen, die hatte ich doch erwartet. Aber ich wusste, Tamara würde bald von der Schule kommen, so habe ich mich erst mal in mein Körbchen verzogen. Wenig später hörte ich die Haustür zufallen, und kurz darauf stand meine kleine Freundin vor mir.

„Wo hast Du Dich denn rumgetrieben?", fragte sie mich.

Aufgeregt habe ich versucht ihr von unserem schlimmen Verdacht was Mao´s Verschwinden anging zu berichten, aber das hat sie völlig falsch verstanden.

„Ja, Du kriegst doch was zum Fressen. Warte, ich mache Dir schnell eine Dose auf", versuchte sie mich zu beruhigen, weil sie dachte, ich würde aus Hunger so ein Theater machen. Dann holte sie eine Dose mit meinem Lieblingsfutter und füllte die Hälfte davon in einen frischen Napf. Da konnte ich einfach nicht anders, als darüber herzufallen, denn Appetit hatte ich schon. Nachdem ich mich gestärkt hatte, habe ich nochmal versucht ihr zu erklären was los war, hat aber nix genutzt. Sie wollte erst ihre Hausaufgaben machen, bevor sie mit mir raus konnte. Also habe ich mich wieder hingelegt und noch mal eine Runde gepennt. Als ich aufwachte, hatte Tamara Besuch gekriegt, und die beiden Mädchen waren im Garten und spielten. Daher konnte ich mich beruhigt wieder verziehen, zumal ihre Mama auch zuhause war. Jetzt müsste Beule Wache halten, vermutete ich, und so war es auch. Er saß in aller Gemütsruhe vor den Mülltonnen und langweilte sich. Zwar hatte Archie ihm auch den Eingang durch den Keller gezeigt, aber das half uns momentan noch nicht weiter.

„Wir müssen auf jeden Fall wissen, ob er Mao wirklich hat, sonst verlieren wir nur Zeit", informierte er mich. Und ich musste ihm recht geben.

„Aber wie stellen wir das an?", fragte ich ihn.

Zum Glück hatte Beule schon eine Idee, aber dafür müssten wir uns alle zusammentun, schlug er vor. Daher sollte ich später mit Archie wiederkommen. Den hatte er vorerst nach Hause geschickt, damit er sich noch mal etwas ausruhen konnte, bevor wir zuschlagen würden.

„So könnte es klappen. Hast Du mit Archie schon darüber gesprochen?", fragte ich ihn.

Nee, hatte er nicht, das war ihm erst eingefallen, als er hier saß und sich langweilte, denn unser Verdächtiger war nicht mehr aufgetaucht, sondern im Haus geblieben. Ich habe Beule dann angeboten, dass er sich auch für ein Weilchen in eine ruhige Ecke verziehen und ausruhen sollte, aber das wollte er nicht, also haben wir gemeinsam dagesessen und gewartet, bis ich Archie holen konnte.

„Schau vorher kurz bei Dir zuhause vorbei, damit Deine Leute wissen, dass es Dir gut geht, sonst machen die sich um Dich auch noch Sorgen", ermahnte Beule mich, als ich mich auf die Pfoten machte, um Archie zu holen. Ich habe mich echt gewundert, über diese Umsicht, das hätte ich ihm gar nicht zugetraut.

„Ich war ja nicht immer ein Streuner...", mehr hat er nicht dazu gesagt, bevor ich mich auf den Weg gemacht habe um Archie zu wecken. Natürlich schlief er noch, als ich ihn abholen wollte, aber er hat auch einen privaten Eingang in Form einer Katzenklappe, daher konnte ich ohne Probleme zu ihm vordringen. Verschlafen blinzelte er mich an, als ich ihn geweckt habe, aber dann ist er natürlich sofort mitgekommen. Unterwegs habe ich ihm erklärt, was Beule vorgeschlagen hatte.

„Ja, so könnte es hinhauen", meinte er vage.

Als wir wieder bei Beule ankamen, wurde es langsam dämmrig, und er hatte schon ungeduldig auf uns gewartet. In der Zwischenzeit hatte sich nämlich etwas getan. Der eigenartige Kerl war aus dem Haus gekommen und mit einer großen Katzenbox zurückgekommen. Das war gerade erst passiert. Jetzt war die Sache klar, der doofe Kerl hatte Mao tatsächlich „gecatnappt" und wir mussten umgehend handeln, das wussten wir alle. Also haben wir uns durch das Kellerfenster gezwängt und sind im Eiltempo nach oben gerannt, um vor der Wohnungstür des Mannes einen Heidenradau zu machen. Als wir davorstanden, haben wir alle drei aus Leibeskräften miaut. Es dauerte auch nicht lange, da wurde die Tür gegenüber aufgerissen und eine Frau steckte ihren Kopf raus. Die fing gleich an zu schimpfen.

„Wo kommt Ihr denn her? Und was macht Ihr für einen Krach!", keifte sie. Aber wir haben uns nicht vertreiben lassen, sondern haben immer lauter geschrien, bis schließlich auch die anderen Mieter aus der Etage darüber kamen. Einer von denen hat in seiner Wohnung auch eine Katze, wie sich später herausgestellt hat. Die Arme darf aber nicht raus, weil sie krank ist. Die Welt da draußen ist leider viel zu gefährlich für sie, denn wenn sie sich zusätzlich mit irgendwas infiziert, dann muss sie sterben, aber wenn sie drinnen lebt, kann sie gut und gern so alt werden wie wir. Die Arme, das tut mir sehr leid! Ihr Katzenpapa ahnte gleich, dass wir einen guten Grund hatten, uns so zu benehmen. Der seltsame Mann hatte seine eigene Katze nämlich auch schon mal bei sich eingesperrt, als sie ihm entwischt war. Daran hat er sich erinnert, und auch daran, dass er die vielen Suchzettel an den Bäumen in unserer Straße gesehen hatte. Deshalb hat er die Anderen zur Seite geschoben und an der Wohnungstür, vor der wir jaulten, Sturm geklingelt. Dazu hat er geklopft und gebrüllt, der Herr M. sollte sofort die Tür aufmachen, die Anderen hätten ihm etwas zu sagen, ansonsten würde er die Polizei rufen, hat er gedroht. Und schließlich erschien der eigenartige Kerl tatsächlich und fragte ganz unschuldig, was seine Mitbewohner denn von ihm wollten. Er hatte seine Wohnungstür nur einen Spaltbreit geöffnet, aber ich bin sofort unter seinen Beinen durch geflitzt und in die Wohnung gerannt. Archie und Beule kamen hinterher, und da saß Mao schon in der Transportbox und maunzte jämmerlich als er uns sah. Nur einen kleinen Augenblick später kam der Katzenbesitzer von oben und hat Mao befreit. Der hat ihn nämlich sofort wiedererkannt. Ich glaube, er hätte Mao am liebsten selbst zurückgebracht, aber darauf wollten wir uns nicht verlassen. Nachdem Mao seiner Gefangenschaft in der Box entkommen war, haben wir uns schleunigst verkrümelt. Und während die Leute aus dem Haus sich noch über diesen Zwischenfall aufgeregt haben, waren wir schon längst auf dem Weg in den Keller, um durch das offene Fenster wieder nach Hause zu flitzen. Bestimmt wollte der blöde Kerl Mao verkaufen oder ihm sonst was antun. Wie gut, dass wir das verhindern konnten!

Als wir wieder zuhause ankamen, sind wir alle mit zu Mao´s Leuten in den Garten gegangen. Die saßen auf der Terrasse, und seine Katzenmama hatte ein ganz rotes, verweintes Gesicht. Als sie ihren Liebling sah, stand sie sofort auf, hob ihn hoch und drückte ihn ganz fest an sich.

„Mao, dass Du wieder da bist!", sagte sie und strahlte.

Dann hat sie gesehen, dass wir drei mitgekommen waren. Ich glaube, sie ahnte, dass wir nicht unerheblich dazu beigetragen hatten, dass Mao wieder zuhause war. Mao war noch immer ganz durcheinander, er hat aber trotzdem versucht seinem Katzenpapa zu erklären was passiert war. Nachdem er am Tag zuvor wieder ein Leckerchen von dem Mann bekommen hatte, wurde er von ihm gepackt. Weil Mao nicht damit gerechnet hatte, war er zuerst starr vor Schreck, aber als er dann angefangen hat zu strampeln, war es schon zu spät. Der böse Kerl hatte ihn schon fest im Griff, und er konnte nicht mehr abhauen. Als der andere Katzenbesitzer kam, und Mao´s Dosis erzählt hat, wie wir ihn alle gemeinsam befreit haben, da waren sie sehr erstaunt. Seine Katzeneltern wussten bis dahin gar nicht, dass Mao von dem bösen Mann öfter Leckerlis erhalten hatte.

Außerdem ist sein Entführer krank im Kopf und braucht Hilfe, hat der Nachbar gesagt, deshalb kann er nicht bestraft werden. Aber er wird wohl erst mal eine Weile nicht hierbleiben können, hat er gemeint. Darum will er sich persönlich kümmern – zum Glück! Zur Belohnung hat Mao´s Katzenpapa erst mal eine ganze Tüte mit Leckerlis auf der Terrasse für uns verstreut, und darüber sind wir natürlich sofort hergefallen. Archie und ich sind dann nach Hause gelaufen, aber wohin Beule gegangen ist, das habe ich nicht mitbekommen. Als ich ihn einige Tage später getroffen habe, da wollte er über dieses Abenteuer schon gar nicht mehr sprechen. Aber ich glaube, seitdem bekommt er von Mao´s Katzenmama aus Dankbarkeit häufiger mal was zum Fressen hingestellt, und vielleicht wird er dort sogar mal einziehen. Mao fände dass sicher gut, aber Beule sagt, ihm ist seine Freiheit äußerst wichtig; er will sich keinem Menschen mehr anpassen müssen. Natürlich hat sich unser Abenteuer in der ganzen Nachbarschaft wie ein Lauffeuer rumgesprochen. Tamara und ihre Eltern sind seitdem sehr stolz auf mich – dazu haben sie wohl ja auch allen Grund oder?

Ungesühnt

Ich bin Betty, und ich bin eine Mörderin; jawohl. Ich weiß das ganz genau und auch, dass ich niemals dafür bestraft werden kann. Außerdem bin ich ja dazu angestiftet worden, ohne zu wissen was ich tat! Man könnte auch sagen, ich war die Mordwaffe, das trifft es letztlich noch am allerbesten. Eine schreckliche Geschichte, in die ich da rein geraten bin, finde ich. Also die Sache war so:

Als Ilona und Lothar mich zu sich geholt haben, da war ich noch ganz klein. Etwas mickrig geraten, das fand sogar meine Katzenmama. Noch dazu schwarz wie die Hölle – na ja, das war nun wirklich nicht meine Schuld! Jedenfalls war ich das jüngste und schwächste Kätzchen in ihrem Wurf und deshalb wollte mich auch anfangs keiner haben. Fand ich aber gar nicht so übel, dass ich länger bei meiner Mama bleiben konnte, als meine anderen Geschwister. Als Ilona und Lothar dann kamen, um mich mitzunehmen, ging der

Abschied ganz schnell und meine Mama miaute nur noch kurz: „Tschüss, meine Kleine!"

„Mach´s gut Mama!", maunzte ich zurück und schon saßen wir im Auto und fuhren meinem zukünftigen Zuhause entgegen. Ich war schon sehr gespannt, was mich da erwarten würde. Eine ziemlich lange Zeit sind wir gefahren, deshalb habe ich mir zwischendurch schnell mal ein kleines Nickerchen gegönnt. Es war schon dunkel, als wir ankamen, und so konnte ich erst gar nicht viel erkennen von meiner neuen Heimat. Mächtigen Hunger hatte ich inzwischen auch bekommen. Das wollte ich meinen neuen Katzeneltern klar-machen und habe laut angefangen zu miauen – war doch mein gutes Recht!

„Du kriegst später was", raunte Ilona mir zu, „aber erst mal musst Du Deine Aufgabe erfüllen!" Meine Aufgabe? Gab es denn hier so viele Mäuse, dass ich mich selbst verpflegen sollte? Ich hatte das Mausen erst kürzlich gelernt und fand auch, ehrlich gesagt, gar nicht so viel daran. Aber es kam alles ganz anders als gedacht. Wir stiegen eine breite Treppe hoch und Ilona mahnte: „Pst, leise!" Also hielt ich erst mal ganz gehorsam mein Mäulchen und wartete ab. Vor einer großen Tür blieben sie stehen und Lothar öffnete sie vorsichtig und schaute hinein. Ich sah einen großen Raum, in dem ein riesiges Bett stand. Darin lag ein alter Mann und schlief.

„Den sollst Du wach machen", flüsterte Lothar, und setzte mich zu dem alten Herrn – mitten auf das Bett. Hurra, herrlich bequem und warm fand ich es darin. Aber ich hatte doch Hunger und vielleicht konnte dieser Mann mir endlich was zu fressen geben. Also fing ich behutsam an zu treteln und auch wieder ein paar Maunzer auszustoßen. Prima, der alte Mann bewegte sich, deshalb habe ich mich weiter hochgearbeitet, und als ich an seine Wange gestupst habe, da wachte er endlich auf. Aber anstatt sich zu freuen, dass ich ihn so liebevoll geweckt hatte, schrie er plötzlich ganz laut auf, warf die Bettdecke von sich und stürzte aus dem Zimmer. Ich war völlig platt – was hatte ich denn bloß falsch gemacht? Im nächsten Moment hörte ich ganz furchtbare Schreie und ein lautes Poltern. Mir gefror fast das Blut in meinen Adern, denn so hatte ich noch nie einen Menschen schreien hören. Dann brach der Lärm ab und es wurde ganz still. Vor lauter Schreck habe ich mich erst mal unter der Bettdecke verkrochen und abgewartet. Hier ging etwas Unheimliches vor, das habe ich sofort verstanden.

Einige Zeit später ging das Licht an und Ilona kam zu mir. Sie holte mich aus dem Bett und war offenbar höchst zufrieden mit meinem Auftritt.

„Braves Kätzchen, das hast Du prima erledigt – danke!", gurrte sie und drückte mich an sich. Jetzt wurde ich aber langsam ungemütlich und erinnerte sie lautstark daran, mir endlich was zu fressen zu geben. Dann gingen wir zwei in die Küche und endlich bekam ich meine Belohnung, wie sie sich ausdrückte. Meine Belohnung, wofür denn? Egal, ich hatte Hunger und was mir da von Ilona serviert wurde, das schmeckte mir, also war mir alles andere egal – vorerst jedenfalls.

Nachdem ich mich endlich wieder satt gefressen hatte, bin ich dann erst noch mal zurück ins Bett gekrochen und da hat mich auch keiner rausgeworfen. Die waren anderweitig beschäftigt. Ich habe danach von der ganzen Aufregung im Haus erst mal nicht viel mitgekriegt.

Ilona erzählt:

Unser Plan ist wunderbar aufgegangen. Der Alte hat sich über die kleine, schwarze Katze, noch dazu in seinem Bett, derartig aufgeregt, dass er einen Herzinfarkt erlitten hat und die Treppe im Flur heruntergefallen ist. Er hatte ja panische Angst vor allem was in Pelz gehüllt ist, das wussten wir, und darauf baute unser Plan auf. Als er die Treppe heruntergefallen ist, war er wahrscheinlich schon tot, hat sein Hausarzt Doktor Möller gesagt. Den haben Lothar und ich natürlich sofort angerufen, als es passiert war. Mir, als seiner Haushaltshilfe fiel es nicht mal schwer, so zu tun, als wäre ich über die Entwicklung der Dinge traurig. Ich bin ja erst seit einigen Monaten hier beschäftigt, aber ich mochte den alten Herrn eigentlich ganz gern, wenn er nur nicht so knickerig gewesen wäre! Aber Lothar steckte mal wieder richtig tief in der Scheiße – Spielschulden! Ja, da verstanden die Gläubiger keinen Spaß, wie er mir versicherte. Da musste schnell was geschehen, weil sich der Alte dieses Mal absolut nicht dazu überreden lassen wollte, ein paar Tausender rauszurücken.

„Du bist alt genug, um zu wissen was Du tust. Ich habe Dir schon so oft aus der Patsche geholfen, dieses Mal nicht! Bald erbst Du ohnehin alles, das ist dann immer noch früh genug, um auch noch den Rest zu verprassen!", höhnte er. Ich hatte mich in Lothar verliebt und deshalb habe ich seinem Drängen nachgegeben und wir haben gemeinsam den Plan gefasst, die Dinge zu beschleunigen. Außerdem hat er mir versprochen, mich zu heiraten, wenn Gras über die Sache gewachsen ist. Ich wusste von einer Bekannten, deren

Schwester auf einem Bauernhof lebt, dass dort kleine Katzen abzugeben waren. Deshalb sind wir dahin gefahren und haben diese kleine, schwarze Katze geholt. Ein niedliches Ding ist das, ich will sie auf jeden Fall behalten. Ich glaube, ich werde sie Betty nennen!

Lothar berichtet:

Na endlich – es ist geschafft und ich bin der Erbe von Onkel Arthur´s Vermögen. Wurde auch Zeit, viel länger hätte ich die Buchmacher nicht mehr hinhalten können. Aber erst mal muss alles ganz offiziell abgewickelt werden, habe ich denen erklärt. Das ist aber nur eine Formsache, denke ich. Jetzt müssen wir aber erst mal den Schein wahren und die Beerdigung organisieren. Es ist ja zum Glück kein anderer mehr da, der dazwischenfunken könnte. Weitere Verwandte gibt's nicht und zu den wenigen Nachbarn hatte Onkel Arthur ja auch nur selten Kontakt. Er war eben ein Sonderling. Wir werden die Beisetzung wohl im allerengsten Kreis stattfinden lassen.

Betty erzählt weiter:

Nachdem ich noch mal einige Stunden
geschlafen hatte, war die größte Aufregung
schon vorbei, wie gesagt. Der Doktor war
da gewesen und hatte den Tod des alten
Herrn festgestellt, und dann war die Leiche
abgeholt worden. Als ich später wieder
aufgewacht bin, wollte ich natürlich erst
mal mein neues Zuhause in Augenschein
nehmen. Ich war in ein großes Haus
gekommen. Auch die Treppe gefiel mir,
man konnte so schön von Stufe zu Stufe
hopsen. Wieso der alte Mann da runter
gefallen war, das konnte ich nicht
verstehen.
„Wie schön, da bist Du ja, meine Süße.
Ausgeschlafen?", empfing mich Ilona, als
ich in der Küche auftauchte. Sie saß da
gerade mit Lothar am Tisch und trank
Kaffee. Der war offenbar auch gut gelaunt
und streichelte mich, was ich mir nur zu
gern gefallen ließ. Hier habe ich es gut
getroffen; dachte ich jedenfalls. Dann

läutete das Telefon.

„Wer kann das denn nur sein?", wunderte sich Ilona.

„Außer Doktor Möller hatte Onkel Arthur doch inzwischen kaum noch Besucher. Ich gehe mal ran, es sieht doch komisch aus, wenn ich es nicht tue", entschied Lothar und nahm den Hörer ab. Dann hörte ich wie er sagte: „Ja, natürlich, wir kommen sofort Herr Doktor – beide!" Mit diesen Worten legte er wieder auf.

„Was war los, was wollte er denn?", wollte Ilona wissen, die gerade dabei war, meine Schale von gestern erneut mit leckeren Körnchen zu füllen.

„Wir sollen noch mal zu Doktor Möller zu einem Gespräch kommen", teilte Lothar ihr mit.

„Warum?", wunderte sich Ilona.

„Weiß ich auch nicht, das wollte er mir am Telefon nicht sagen, aber hingehen müssen wir, sonst wird er noch misstrauisch", meinte Lothar, und kurze Zeit später waren sie weg. Na ja, konnte ich mich wenigstens in meinem neuen Revier in Ruhe umsehen.

Ilona erzählt wieder:

Als wir zu Doktor Möller kamen, hatte ich gleich so ein mulmiges Gefühl, als ich die Praxis betrat. Außer uns war noch kein Patient da, deshalb bat uns die junge Dame am Empfang gleich in sein Sprechzimmer. Doktor Möller begrüßte uns freundlich und bat uns Platz zu nehmen. Dann kam er sofort zur Sache.

„Ich will Ihnen beiden nichts vormachen", sagte er und zog einen Brief aus der Schublade hervor. „Wie Sie ja wissen Lothar, war ich wohl der einzige Freund und Vertraute ihres Onkels", fuhr er fort.

„Ja natürlich, das ist mir bekannt", bestätigte Lothar ihm. Der Druck in meiner Magengegend verstärkte sich, als der Arzt dann weitersprach.

„Ihr Onkel hielt auch nichts von Juristen, sondern er hat mir sein Testament anvertraut und zur Aufbewahrung gegeben – vor längerer Zeit schon. Sie sind der einzige Erbe, daran ist auch nichts zu rütteln, aber es gibt eine Bedingung, die hat Ihr Onkel erst vor kurzem hinzugefügt, und die sieht vor, dass er in jedem Fall nach seinem Tod obduziert werden soll. Ich kann mir zwar nicht erklären, wieso, darüber hat er nie ein Wort verlauten lassen, aber wir dürfen seinen letzten Willen natürlich nicht ignorieren. Für mich steht fest, dass er eines natürlichen Todes gestorben ist, das hatte ich ja heute Nacht schon gesagt. Außerdem wusste ich bis vorhin ja auch noch nicht, was der zweite Umschlag enthielt, den er mir vor ein paar Wochen zusätzlich zu dem Testament gab. Erst als ich heute beide Briefe öffnete, wusste ich Bescheid und habe Sie gleich informiert."

Lothar war ganz blass geworden, bei den Ausführungen des Arztes.

„Wieso denn das?", brachte er mit Mühe hervor. Der Schock über diese unerwartete Nachricht traf ihn tief, so wie mich auch.

„Tja, wie gesagt, ich kann es mir auch nicht erklären", fuhr Doktor Möller fort, „aber hier sehen Sie selbst. Auf diesen beiden Umschlägen steht zu Händen Doktor Möller – nach meinem Tode zu öffnen. Das habe ich getan, gleich nachdem ich die Praxis betrat. Machen Sie sich keine Gedanken, das ist sicher nur eine Formsache. Aber, eine Sache finde ich schon merkwürdig. Er war doch herzmäßig mit seinen Medikamenten immer sehr gut eingestellt und dann ein Infarkt? Etwas eigenartig ist das schon. Hat er sich über etwas Spezielles sehr aufgeregt?", wollte er dann von mir wissen.

„Nicht, dass ich es wüsste", antwortete ich zögernd.

„Wir werden ja bald Klarheit haben", vermutete Doktor Möller. „Obwohl ...", begann er erneut und brach ab.

„Ja?", hakte Lothar noch einmal nach.

„Ich frage mich gerade, ob Sie beide wussten, dass Ihr Onkel auch an einer Krebserkrankung im Endstadium litt. Dagegen hätte man ohnehin nicht mehr viel tun können. Die übliche Behandlung mit einer anstrengenden Chemotherapie oder Bestrahlungen hatte er abgelehnt. Wenn man es genau nimmt, dann ist es sogar besser so; ihm ist auf diese Weise einiges erspart geblieben, denke ich. Ich veranlasse jetzt die Obduktion und melde mich sofort, wenn das Ergebnis vorliegt, damit Sie die Vorbereitungen für die Beerdigung treffen können."

Wie benommen standen wir beide auf. War dieser Mord etwa gar nicht nötig gewesen? Schließlich wagte ich es, den Arzt doch noch einmal zu fragen: „Herr Doktor, bitte sagen Sie wie lange hätte er denn ohne den Herzinfarkt möglicherweise noch gelebt?"

Doktor Möller zuckte mit den Schultern und antwortete zögernd: „So genau lässt sich das nie sagen, aber ich denke einige Wochen, maximal ein Vierteljahr. Es tut mir sehr leid, dass Sie beide offenbar darüber nicht Bescheid wussten." Nach diesen Worten verabschiedete er sich und versprach noch einmal, sich zu melden, wenn alles geklärt sei.

Als wir dann draußen im Auto saßen, brach Lothar als Erster das Schweigen: „Das habe ich natürlich nicht gewusst, aber jetzt ist es ohnehin für Reue zu spät."

Dazu konnte ich nur stumm nicken.

Lothar berichtet wieder:

Zu meiner Erleichterung hat die Obduktion nichts weiter ergeben, und wir haben Onkel Arthur in aller Stille beigesetzt. Ich hätte nie gedacht, dass es mich doch so belasten würde, dass wir den alten Herrn buchstäblich zu Tode erschreckt haben! Aber was mache ich mit Ilona? Sie ist jetzt die Einzige, die mir noch einen Strick aus dieser Sache drehen kann. Sie hat schon so Andeutungen gemacht; ich soll sie jetzt endlich, wie versprochen, heiraten, sonst...

Betty meint abschließend:

Also, ich habe mir mein Leben hier doch etwas lustiger vorgestellt. Ilona und Lothar giften sich inzwischen nur noch an. Anfangs wusste ich ja nicht wieso, aber nach und nach habe ich das doch rausgekriegt. Das war nicht fair, wofür sie mich da missbraucht haben, wirklich nicht! Auf solche schrägen Ideen können auch nur die Menschen kommen, uns Katzen würde so was nie einfallen! Ich überlege ernsthaft, ob ich mir auf die

Dauer nicht doch besser ein anderes Heim
suchen sollte!

Mord am Gardasee

Mein Name ist Rocco, und ich bin ein Kater in den besten Jahren, wie Alessio sagt, wenn ihn jemand nach meinem Alter fragt. Mein Pelz ist überwiegend schwarz, aber ich habe ein weißes Lätzchen auf der Brust und weiße Pfötchen. Auch mein Bauch und die langen Schnurrhaare sind weiß. Mein Katzenpapa heißt Alessio Zanetti, und er ist Commissario bei der Polizia. Ich bin so etwas wie sein Sergente, denn er bespricht seine Fälle immer mit mir. Natürlich nennt er das „laut denken", aber wenn er mit mir darüber gesprochen hat, dann bekommt er schneller den Kopf wieder frei, sagt er. Nicht selten hat er dabei sogar eine Idee, wie er flüchtige Ganoven dingfest machen kann. Ich finde unsere Männergespräche ebenfalls sehr interessant, denn dabei vertraut er mir so manches an, was er sonst niemandem sagen würde. Wir beide sind einfach ein gutes Team, mein Katzenpapa und ich.

Aber seine langjährige Freundin Violetta

möchte Alessio mit solchen Dingen nicht belasten. Mit ihr will er einfach nur die schönen Seiten des Lebens genießen. Violetta ist hier in Sirmione am Gardasee geboren und aufgewachsen. Sie betreibt eine gut florierende Gelateria, die sie von ihren Eltern übernommen hat. Ihr Eis ist das Beste weit und breit, denn Violetta macht es selbst. Sie und ihr Angestellter Mario erfinden auch in jedem Sommer zusätzliche neue Sorten. Das Geschäft ist inzwischen eine richtige Goldgrube, sagt Alessio. Violetta mag die Hektik einer Großstadt nicht und würde für kein Geld der Welt freiwillig von hier fortgehen. Woanders müsste sie noch einmal ganz von vorn beginnen sich einen neuen Kundenstamm aufzubauen. In Rom ist die Konkurrenz bestimmt groß, so hat sie Alessio oft genug erklärt. Den Stress mag sie sich nicht antun. Violetta ist wirklich eine nette Frau, und sie weiß sehr genau was gut für sie ist und was nicht. Manchmal denke ich, dass Violetta meinen Alessio gern heiraten und Kinder haben würde, aber er meint, wenn erst der Alltag einkehrt, dann ist es mit der Romantik schnell vorbei, deshalb sträubt er sich bisher es zu tun. Aber um Violetta nahe zu sein, sind wir umgezogen. Seitdem ist Alessio´s Dienststelle, die questura, nicht mehr in Rom, sondern in Brescia, aber das ist in Ordnung. Sirmione ist ein idyllischer Ort, findet Alessio. Und eine schöne Wohnung, ganz in Violetta´s Nähe, haben wir auch gefunden. In Rom haben wir in einem großen Mietshaus gewohnt. Das war ein alter Palazzo, der zwar von außen recht prächtig wirkte, aber im Innern sah es ganz anders aus. Im Treppenhaus bröckelte der Putz von den Wänden und es zog ständig in der ganzen Bude. Wie oft hat Alessio über die hohen Heizkosten geschimpft. Und raus durfte ich auch nicht, weil es viel zu gefährlich gewesen wäre. Ich konnte nur vom Fenster aus auf die Straße hinunterschauen. Aber seit dem Umzug genieße ich täglich Freigang. Schon deshalb lebe ich viel lieber hier. Vor allem, seitdem ich die zauberhafte Katze Gianna getroffen habe. Zwischen uns war es Liebe auf den ersten Blick. Sie hat einen schneeweißen Pelz, grüne Augen und einen langen, sehr eleganten schwarzweiß geringelten Schwanz. Als ich das erste Mal in ihre wunderschönen Augen sah, war es gleich um mich geschehen, das könnt Ihr mir glauben. Tagsüber machen wir beide meistens gemeinsam unsere Stadt unsicher. Dann spielen wir zum Beispiel hinter den Blumenkübeln der Hinterhöfe Verstecken. Aber ganz besonders gern streife ich mit Gianna nachts in den engen verwinkelten Gassen umher. Bei Vollmond sitzen wir am liebsten in einem der vielen Gärten oder auf der Promenade unter zart duftenden Oleanderbüschen. Manchmal vergessen wir dann völlig die Welt um uns herum.

Natürlich gibt es hier, wie fast überall in Italien, viele Katzen. Mein bester Freund ist Matteo. Das ist ein großer, grauer Tiger. Er und einige andere Streuner haben sich schon vor einer ganzen Weile zu einer Katzenbande zusammengeschlossen. Dazu gehört Luca mit dem roten Pelz, Danilo hat eine schwarzweiße Zeichnung und der schwarze Tino ist auch dabei. Er wird so genannt, weil in seinem schwarzen Pelz nicht ein einziges weißes Haar zu finden ist. Als ich mit Alessio hierher zog, musste ich zuerst mit ihrem Anführer, also Matteo, einen kurzen Kampf ausgetragen, ehe sie akzeptiert haben, dass sie ihr Revier von nun an auch mit mir teilen mussten. Matteo ist ein rauer Bursche, aber er hat ein gutes Herz. Bevor ich Gianna kennen gelernt habe, bin ich viel mit ihm und seiner Bande durch die Gegend gezogen, aber seitdem ich sie getroffen habe, tue ich das nur noch selten. Zum Glück passiert hier in unserer netten kleinen Stadt höchst selten etwas wirklich Schlimmes. Ab und zu hat Alessio es mit kleinen Diebstählen oder Schlägereien zu tun. Die meisten Italiener sind sehr heißblütig, da gibt schon mal ein Wort das andere, und schon fliegen die Fäuste. Gelegentlich ruft auch ein Pizzabäcker Alessio, weil ein Tourist seine Rechnung überzogen findet und ihm deshalb Ärger macht. Eigentlich ist mein Alessio dafür gar nicht zuständig, aber die meisten Leute hier kennen ihn inzwischen, und deshalb wenden sie sich an ihn, wenn sie mal amtliche Unterstützung brauchen. Alessio hat den Umzug hierher trotzdem nie bereut.

Im Sommer sind viele Fremde bei uns in Sirmione zu Gast, die kommen aus aller Herren Länder, um hier ihren Urlaub zu verbringen. Deshalb gibt es in Sirmione und Umgebung auch so viele Hotels und kleine Pensionen, in denen die Touristen schlafen können. Unsere Sommergäste flanieren durch die Stadt, suchen in den kleinen Läden nach Souvenirs für ihre Lieben daheim. Manche sitzen einfach nur stundenlang auf einer Bank an der Promenade. Sie bestaunen die großen Oleander, die in allen erdenklichen Farben blühen und hier so groß werden, wie in ihren Heimatländern die Obstbäume. Oder sie schauen den weißen Schiffen auf dem Gardasee zu und lassen einfach ihre Seele baumeln, um sich von der Hektik zuhause zu erholen. Manche Urlauber steigen sogar auf schmale Holzbretter, die mit bunten Segeln geschmückt sind. Mit denen können sie auf dem See surfen. Andere

Touristen schauen sich die prächtigen Kirchen an, sitzen auf der Piazza oder in einem der zahlreichen Restaurants und Bars im Hafen und lassen es sich einfach gutgehen. Auf jeden Fall genießen alle Fremden während ihres Aufenthaltes bei uns das einzigartige italienische „Dolce far niente". Und die italienische Küche ist ohnehin unschlagbar, behauptet Alessio jedenfalls. Ich glaube, er ist wirklich sehr stolz auf sein Heimatland! Oh je, jetzt hätte ich fast vergessen das Wahrzeichen unserer Stadt noch zu erwähnen. Das sind die Überreste einer großen Burg, unser Castello. Vor allem die kulturbeflissenen Besucher der Stadt lassen es sich nicht nehmen, anhand dieser alten Mauern etwas über das Leben der damaligen Zeit zu erfahren. Tagsüber finden dort regelmäßig Führungen statt, aber in der Nacht, da gehört es den Katzen. Wir haben unzählige Wege hinein zu gelangen, wenn es für die Menschen längst geschlossen ist. Es ist ein herrliches Leben, vor allem, wenn keine Saison ist, und die meisten Urlauber längst wieder zuhause sind.

Ja, gemütlich und schön, so war unser Dasein - bis gestern. Stellt Euch vor, es hat in der Nacht im Hinterhof einer der üblen Spelunken am Hafen einen heftigen Streit unter einigen Betrunkenen gegeben. Meine Freunde Matteo und Luca waren Zeugen, wie ein Mann einen anderen erstochen hat. Natürlich waren sie furchtbar erschrocken, deshalb haben sie sich aus dem Staub gemacht, aber sie sind später zurück gekommen, um noch einmal nach dem Rechten zu sehen.

„Wir wollten uns gerade die Mülltonnen vornehmen, um darin nach Fressbarem zu suchen. Plötzlich flog die Tür auf, und zwei Männer stürzten aus dem Haus. Erst haben sie sich lauthals beschimpft, dann haben sie sich geprügelt und plötzlich zog der eine Kerl ein Messer. Da haben wir Angst bekommen und uns hinter den Tonnen versteckt", berichtete Matteo aufgeregt.

Und Luca ergänzte: „Als wir abgehauen sind, steckte das große Messer in der Brust des anderen Mannes, und er rührte sich nicht mehr. Er war ganz eindeutig tot, mausetot."

Ich mochte es kaum glauben, aber zusammen sind wir noch mal dorthin gelaufen, damit ich mich selbst davon überzeugen konnte, dass der Mann nicht mehr lebte. Ehrlich gesagt, ein bisschen mulmig war mir unterwegs schon zumute, schließlich hatte ich mir vorher noch nie einen toten Menschen angeschaut. Aber als wir dort ankamen, war nichts mehr zu sehen. Die Leiche war fort – einfach weg.

„Seid Ihr sicher, dass es hier passiert ist?", fragte ich die beiden.

„Aber ja, bestimmt!", schnaubte Matteo.

Er war so entsetzt, dass seine Schnurrhaare noch immer zitterten.

„Und? Was machen wir jetzt?", fragte Luca ratlos.

„Wir sollten Alessio alarmieren", schlug ich vor.

Er war bei Violetta, um nach Feierabend mit ihr ein Glas Rotwein zu trinken, das wusste ich. Das machen die zwei oft, wenn abends in der Gelateria wenig oder gar kein Betrieb mehr ist.

„Wie willst Du ihm klarmachen, dass vorhin hier noch eine Leiche lag, die nun aber verschwunden ist?", fragte Matteo.

Das stimmte natürlich. Verflixt und zugenäht, nun passierte hier einmal etwas wirklich Aufregendes, und wir konnten nichts tun, um Alessio das zu sagen.

„Da hast Du recht", musste ich beschämt zugeben.

Also verabredeten wir, die Augen offen zu halten, aber vorerst nichts zu unternehmen. Was blieb uns auch anderes übrig? Allerdings beschlossen wir, dass Luca die Bar noch eine Weile im Auge behalten sollten, während Matteo die zwei anderen Clanmitglieder informierte. Und vielleicht tauchte der Mörder ja noch einmal wieder auf, so dachten wir.

„Würdet Ihr ihn denn überhaupt wiedererkennen?", fragte ich Luca.

Der nickte und Matteo auch. „Das war ein großer, kräftiger Mann mit Glatze und einem dunklen Vollbart. Außerdem hatte er eine sehr auffällige Tätowierung am Arm. Sah aus wie eine Schlange", erinnerte sich Matteo.

Na bitte, das war doch schon mal was, fand ich.

Am nächsten Tag passierte zunächst nichts Aufregendes. Aber dann am späten Abend, ich war gerade mit Gianna unterwegs, kam der schwarze Tino auf uns zugeschossen. Er war ganz außer Atem und keuchte: „Ich habe Dich schon gesucht, Rocco. Matteo schickt mich. Er sagt, Du sollst sofort kommen. Es gibt Neuigkeiten!"
Um ehrlich zu sein, in dem Moment passte mir das gar nicht, aber was sollte ich machen? Wenn Matteo einen seiner Gefolgsleute schickt, dann ist es wichtig, und so versprach ich Gianna mich später bei ihr zu melden. Mitnehmen wollte ich sie nicht, so ein Kriminalfall ist nichts für zartbesaitete Katzenseelen wie meine süße Gianna. Erst war sie zwar ein bisschen eingeschnappt, aber schließlich hat sie eingesehen, dass ich gehen musste.
„Also bis später", gurrte sie zärtlich, bevor ich sie allein ließ.
Der schwarze Tino wartete schon hinter der nächsten Ecke auf mich und knurrte:

„Das wurde auch Zeit, los komm jetzt!"
Und dann rannten wir gemeinsam zum Hafen, wo Matteo, Luca und Danilo schon auf uns warteten.

„Kommt hierher, sie sollen uns nicht sehen", flüsterte Matteo, der mit den Anderen wieder hinter den Mülltonnen kauerte. „Eben ist der große Mann mit dem Vollbart wieder aufgetaucht. Nun spricht er mit einem anderen Kerl im schwarzen Anzug und der Inhaber der Bar ist auch dabei. Du weißt schon, dass ist der kleine Dünne mit der spitzen Nase. Der hat übrigens auch so eine Tätowierung am Arm, das habe ich bei der Gelegenheit gesehen. Im Grunde ist er kein schlechter Kerl, er hat mir schon mal ein paar Reste aus der Küche spendiert. Aber er war es nicht, der den Mann getötet hat, das war der Bärtige. Luca und ich haben ihn sofort erkannt", raunte er mir zu.

Vorsichtig sprang ich auf eine große Kiste, die im Hinterhof abgestellt war. Eine Menge leerer Weinflaschen waren darin, und die schepperten ein wenig, als ich mit einem eleganten Sprung darauf landete.

Aber von dort aus konnte ich einen Blick in das Innere des Raumes werfen, in dem die Männer saßen und sich unterhielten. Offenbar wollten sie von niemandem belauscht werden, denn sie sprachen sehr leise, und der Barbesitzer schaute sich einige Male verstohlen um. Vielleicht ahnte er, dass er beobachtet wurde. Ich fand ihn genauso unsympathisch wie die anderen zwei, obwohl Matteo gesagt hatte, er sei kein so übler Bursche. Das mochte ja sein, aber er war eindeutig in schlechte Gesellschaft geraten. Von diesen drei Männern hatte garantiert jeder ein oder sogar mehrere dunkle Geheimnisse, dessen war ich mir sicher.

„Kannst Du was sehen?", fragte Matteo leise.

„Das schon, aber ich kann leider nicht verstehen, was die beiden sagen, weil das Fenster zu ist", gab ich zurück.

„Dann müssen wir versuchen irgendwie ins Haus zu kommen", meinte Danilo. Er war der Jüngste der Gruppe und erst kürzlich dazu gestoßen. Ich fand seinen Mut wirklich bewundernswert, war aber froh, als Matteo seinen Eifer bremste und ihm befahl sich zurückzuhalten. Ich weiß von Alessio, dass bei solchen Aktionen die Eigensicherung des Ermittlers eindeutig Vorrang hat. Also beschlossen wir erst mal das Terrain zu erkunden und dann zu schauen, ob es irgendwo ein Schlupfloch gab, durch das wir oder mindestens einer von uns ins Haus gelangen konnte. Das erwies sich allerdings schwieriger als gedacht. Ich blieb währenddessen weiterhin auf meinem Beobachtungsposten und sah, wie die drei Verschwörer aufstanden, sich gegenseitig auf die Schulter klopften, und dann ging das Licht aus. Zuerst kam der Mann im schwarzen Anzug aus dem Haus. Er stieg in ein großes Auto und fuhr schnell weg. Den zu verfolgen hatte also keinen Sinn. Wenig später sah ich den Inhaber der Bar mit dem Bärtigen aus dem Haus kommen, und zusammen gingen sie in Richtung Innenstadt. So schnell ich konnte, sprang ich von meinem Aussichtsplatz herunter und gab dann Luca Bescheid, der zum Glück gerade um die Ecke kam, um mir zu sagen, dass er leider kein noch so kleines Schlupfloch gefunden hatte.

„Schnell, wir müssen sie verfolgen, sonst entkommen sie uns noch", rief ich. Dann sprintete ich hinter den beiden Verbrechern her, denn sie hatten inzwischen schon einen beachtlichen Vorsprung. Aber ich wäre nicht Rocco, wenn ich sie nicht eingeholt hätte. Luca war der Erste, der wieder zu mir stieß. Tino und Danilo folgten und am Schluss kam Matteo.

„Vielleicht hätten wir doch an der Bar jemanden Wache schieben lassen sollen", flüsterte ich.

„Stimmt, daran habe ich gar nicht gedacht", gab Matteo zurück und wies Danilo an umzukehren, um zu beobachten, ob sich am Hafen noch etwas tat. Natürlich maulte der ein bisschen, aber Matteo fuhr ihm grob über das Mäulchen.

„Es handelt sich eventuell um eine ganze Bande, da sollten wir versuchen möglichst alle im Auge zu behalten."

Offenbar hatte der Bärtige doch etwas bemerkt, denn er verlangsamte seine Schritte. Dann blieb er plötzlich stehen, sah sich vorsichtig um lauschte. Sein Kumpan fragte unwirsch: „Was ist?"

Aber er bekam keine Antwort von dem Bärtigen. Schnell huschten wir in den nächstgelegenen Hauseingang.

„Das war knapp", raunte Matteo.

Der Bärtige horchte noch einen Moment und ging schließlich weiter. Scheinbar hatte er uns doch nicht bemerkt. Aber selbst wenn, ich glaube nicht, dass er uns als Bedrohung angesehen hätte. Die meisten Menschen unterschätzen uns Katzen. Aber dieser Halunke war eindeutig auf der Hut, denn er schaute sich weiterhin alle paar Meter um, als die beiden vorsichtig weiter schlichen. Dann kamen wir in die Straße, in der sich Violetta's Gelateria befindet, und einen Augenblick dachte ich tatsächlich, sie wollten hinein gehen. Aber da war schon alles dunkel, und Violetta und Mario waren bestimmt schon längst nach Hause gegangen. Und außerdem konnte ich mir kaum vorstellen, dass sie mit so zwielichtigen Kerlen etwas zu tun haben könnten. Mit klopfendem Herzen wartete ich, aber dann gingen die

Kerle doch zwei Häuser weiter, und der Barbesitzer zog ein Schlüsselbund aus der Tasche. Dann öffnete er die Haustür, beide Männer huschten eilig hinein und waren verschwunden. Heute Abend würde sicher nichts mehr geschehen, da waren wir uns einig. Trotzdem warteten wir noch ein Weilchen, aber alles blieb ruhig, deshalb machten wir uns auf den Rückweg, um zu schauen, ob sich im Hafen noch etwas getan hatte. Als wir ankamen, berichtete Danilo, dass nichts, aber auch gar nichts passiert war. Also verabredeten wir, uns am nächsten Tag wieder zu treffen. Danilo war immer noch ein bisschen sauer, weil Matteo ihn zurück geschickt hatte. Aber als er erfuhr, dass sich auch bei der Beschattung unseres Verdächtigen nichts Neues ergeben hatte, beruhigte er sich zum Glück schnell wieder.

Am nächsten Vormittag klingelte das Telefon bei Alessio zu ungewohnt früher Stunde. Ich war noch ganz verschlafen, weil ich mich nach dem Treffen mit der Bande von Matteo noch einmal mit Gianna verabredet hatte. Natürlich wollte sie ganz genau wissen was so wichtig gewesen war, dass ich sie für Matteo und die Anderen kurzfristig im Stich gelassen hatte. Also musste ich sie in groben Zügen über das Geschehen aufklären. Natürlich war sie genauso erschrocken wie ich. Ein Mord, in unserer schönen Stadt, das konnte doch nicht wahr sein!

Der Anruf, den Alessio erhalten hatte, bestätigte das schlimme Geschehen leider. Im Hafenbecken war heute früh eine Leiche aufgetaucht. Deshalb sollte er sofort dorthin fahren. Fluchend machte er sich wenig später auf den Weg. Zum Glück hatte er vorher an mein Frühstück gedacht, während er selbst nur schnell eine Tasse Kaffee hinunterstürzte. Aber er hatte in dem Moment die Rechnung ohne mich gemacht. Nie und nimmer hätte ich ihn allein zum Hafen gehen lassen, deshalb folgte ich ihm in sicherer Entfernung, damit er mich nicht bemerkte. War besser so, denn wie weit ich mein Revier gelegentlich ausdehne, das muss er gar nicht so genau wissen. Dort wo die Leiche gefunden worden war, hatten die Carrabinieri schon alles mit einem langen Flatterband abgesperrt. Auch Alessio´s Partner Enzo war vor Ort. Den kenne ich, weil er uns schon einige Male besucht hat. Außerdem hatten sich viele Neugierige im Hafen versammelt. Mir fiel auf, dass ein Mann beharrlich versuchte, näher an den Tatort zu kommen, um dort Fotos zu machen. Bestimmt war er im Auftrag der giornale „Lago del Garda", unserer örtlichen Zeitung dort, und sollte über die Ereignisse im Hafen berichten, aber selbstverständlich wurde ihm das nicht erlaubt. Einer der Carrabinieri scheuchte ihn mit unfreundlichen Worten fort. Fast hätte er dem Reporter sogar die Kamera abgenommen. Auch die anderen Leute wurden mehr oder weniger höflich gebeten, den Fundort der Leiche zu verlassen, damit die Polizia ihre Arbeit tun konnte. Für mich war es zum Glück überhaupt kein Problem unter der Absperrung hindurch zu schlüpfen. Auf eine Katze zu achten, das kam niemandem in den Sinn. So konnte ich mich hinter einem Stapel alter Holzpaletten verstecken und von dort aus alles ziemlich gut mitbekommen. Um den Toten drängten sich gleich mehrere Leute in weißen Schutzanzügen, um Spuren zu sichern. So viel verstehe ich inzwischen schon von der Polizeiarbeit, denn schließlich ist mein Katzenpapa Commissario. Das Erste was ich von ihm hörte, als er die Leiche sah, war der Satz: „Porca Miseria!" Das bedeutet auf Italienisch etwa: So eine verflixte Schweinerei! Ab und zu drückt Alessio sich etwas drastisch aus; jedenfalls wenn Violetta nicht in der Nähe ist. In ihrer Gegenwart reißt er sich meistens zusammen.

„Wer hat den armen Kerl denn bloß so zugerichtet?"

„Er hatte keine Papiere bei sich", antwortete eine seiner Kolleginnen in dem weißen Anzug. Und dann sah ich, dass Alessio sich zu dem Toten hinunter beugte, um ihn sich genauer anzusehen. Das Gesicht des Verstorbenen war recht aufgedunsen, sicher, weil er schon mehrere

Stunden im Wasser gelegen hatte.

„Ich kenne ihn", sagte Alessio. Plötzlich war er ganz blass vor Schreck.

„Wirklich?", fragte einer der Männer im weißen Anzug.

„Ja, das ist Paolo Monti. Er ist, nein er war, ein Kollege von uns. In der questura munkelte man, dass er als verdeckter Ermittler gearbeitet hat, aber um was es ging, das weiß ich nicht. Noch nicht", setzte er grimmig hinzu. „Aber, das werde ich ganz sicher rauskriegen!"

Ich hatte genug gehört. Deshalb konnte ich mich verdrücken und schnell den Anderen Bescheid sagen.

Als Erster lief mir Luca über den Weg.

„Ich habe den Auftrag Dich zu suchen", maunzte er. „Matteo sagt, wir müssen beraten wie es nun weitergehen soll."

„Wo ist Matteo?", fragte ich ihn.

„Lass uns ins Hauptquartier gehen, ich denke, der Chef wird dort sein", gab er zurück.

Matteo und seine Bande hausen in einer stillgelegten alten Fabrik. Nicht sehr komfortabel, aber, wenn man sein Dasein als Streuner fristen muss, dann kann man nicht wählerisch sein. Als ich die Fabrik sah, wurde mir wieder bewusst, wie viel Glück ich gehabt habe, dass Alessio mich bei sich aufgenommen hat. Als wir den Hof betraten, kamen uns Danilo und der schwarze Tino schon entgegen.

„Da seid Ihr ja. Gibt es Neuigkeiten?", fragte Danilo.

„Ich denke schon, aber das erzähle ich Euch drinnen, wenn alle dabei sind", gab ich zurück.

Einen Moment später sah ich in acht Katzenaugen, die mich sehr aufmerksam anschauten.

„Die Sache ist so", begann ich, „mein Katzenpapa kennt den Toten."

„Tatsächlich?", wurde ich vom schwarzen Tino unterbrochen, der daraufhin von Matteo einen ärgerlichen Pfotenhieb bekam.

„Lass ihn ausreden", befahl er gefährlich leise.

„Es ist ein Kollege von ihm", berichtete ich weiter. „Der war einigen Ganoven auf der Spur. Zum Schein hat er sich denen angeschlossen, aber dann muss er leider aufgeflogen sein. Jedenfalls vermutet Alessio das."

„Und um was ging es dabei?", fragte Luca.

„Keine Ahnung. Vielleicht um Zigaretten- schmuggel oder Drogen. Mit solchen Dingen muss Alessio sich recht häufig rumschlagen."

„Hm," überlegte Matteo. „Ich denke, das Beste wird wohl sein, wenn wir alle noch einmal zum Hafen laufen, und Du Dich anschließend an Alessio´s Fersen heftest und versuchst mehr zu erfahren, während wir die Leute vom Hafen im Auge behalten", schlug er vor.

Nachdem wir uns darauf geeinigt hatten, machten wir uns auf die Pfoten, um zuerst alle noch einmal zum Hafen zu laufen. Aber Alessio und seine Kollegen waren schon nicht mehr da. Nur von dem Flatterband, mit dem sie den Fundort gesichert hatten, lagen noch ein paar traurige Fetzen hier und dort. Natürlich hatten sie auch den Toten mitgenommen, ehe wir ihn genauer untersuchen konnten.

Schade!

„Nachdem er nun schon einige Tage im Hafenbecken getrieben ist, hätten wir wahrscheinlich ohnehin nicht mehr viel gerochen", maunzte Danilo bedauernd. Da mussten wir ihm recht geben, sogar der schwarze Tino, der bekanntermaßen eine ganz besonders feine Nase hat. Außerdem hat er die Fähigkeit, sich bei den Touristen beliebt zu machen, in dem er auf „armer verhungerter Kater" macht. Wenn sie ihn großzügig füttern, bringt Tino häufig Reste mit in die Fabrik. Er kann immer noch gut mit Menschen, obwohl er mit ihnen auch schlechte Erfahrungen gemacht hat, deshalb will er sich auf keinen Fall zu eng mit ihnen einlassen. Matteo schlug vor, dass Tino mit Luca erst mal hierbleiben und versuchen sollten, die Bande auszuspionieren. Noch war die Bar zwar geschlossen, aber wir nahmen an, dass sich das bald ändern würde und mindestens der Inhaber der Bar dort auftauchen würde. Deshalb machten Danilo und Matteo sich auf den Weg, um das Haus zu beschatten, in dem der Barbesitzer mit dem dicken

Bärtigen gestern Abend verschwunden war.

„Und später treffen wir uns wieder im Hauptquartier", befahl Matteo.

Das war mir sehr recht, denn ich wollte unbedingt nach Gianna schauen. Die war sicher schon böse auf mich, weil ich sie vernachlässigt hatte. Und Alessio war bestimmt auch noch nicht daheim. Also konnte ich mich beruhigt erst mal um meine Freundin kümmern. Vorsichtshalber schaute ich kurz zuhause vorbei, aber wie schon vermutet, war keiner da. Dafür saß Gianna auf der kleinen Piazza und schaute mich vorwurfsvoll an.

Nachdem wir uns, wie üblich, liebevoll per Nasenküsschen begrüßt hatten, fragte sie mich: „Wo bist Du denn nun so lange gewesen?"

Schnell setzte ich sie ins Bild. „Warum willst Du solche Abenteuer immer allein erleben?", schmollte sie.

„Weil das gefährlich werden kann. Alessio sagt auch immer, dass er Violetta nicht dabeihaben will, wenn er ermittelt", erklärte ich ihr.

Erst nachdem ich ihr versprochen hatte, sie auf jeden Fall auf dem Laufenden zu halten, konnten wir zur Tagesordnung übergehen. Da es ein heißer Tag war, suchten wir uns einen geschützten Platz im Schatten eines großen Oleanderbaumes und dösten aneinandergeschmiegt ein bisschen ein. Ach, das Leben konnte schön sein, fand ich. -

Inzwischen waren Commissario Alessio und sein Partner Enzo zu ihrer questura zurückgekehrt.
„Hat es wirklich einen von uns erwischt?", fragte ihn seine Sekretärin.
„Ich fürchte ja. Es ist Paolo Monti", erwiderte er.
„Was?" hauchte sie und fiel in Ohnmacht.
Alessio erschrak. Kannten die beiden sich etwa näher? Soweit er wusste, hatte Paolo Monti sich offiziell, angeblich jedenfalls schon vor etwa einem Jahr, in eine andere Dienststelle versetzen lassen, so hieß es im Kollegenkreis. Nachdem die Signorina Antonella wieder zu sich gekommen war, fragte er sie danach.

Sie gestand ihm, dass sie in Paolo Monti verliebt gewesen war, aber sie hatte ihn schon monatelang nicht mehr gesehen. Angeblich wusste niemand wo er sich aufhielt, daher hatte sie sich damit abgefunden, dass er sie offensichtlich nicht mehr treffen wollte.

„Eigentlich war unsere Beziehung schon vorbei, ehe mehr daraus werden konnte", sagte sie traurig. „Paolo hat mir gesagt, er hätte einen Auftrag über den er nicht mit mir reden konnte. Er hat zwar versprochen, sich zu melden, aber dazu ist es nie gekommen", erklärte sie, wobei ihr die Tränen übers Gesicht liefen. Ein wenig unbeholfen nahm Commissario Alessio sie in den Arm, um sie zu trösten. Dann fragte er: „Hat er Ihnen jemals etwas gegeben, das sie für ihn aufbewahren sollten?"

„Nein, daran erinnere ich mich nicht", sagte sie schluchzend.

„Vielleicht möchten Sie sich den Rest des Tages frei nehmen", schlug ihr Chef vor. Sie tat ihm leid, aber er war sicher, dass Paolo gewusst hatte worauf er sich einließ, schließlich war er ein erfahrener Ermittler gewesen. Umso schlimmer, dass es ihn trotzdem erwischt hat, dachte Alessio schaudernd.

„Soll ich Sie vielleicht nach Hause bringen, Signorina Antonella?", fragte er fürsorglich.

Nachdem sie das höflich aber bestimmt abgelehnt hatte, machte er sich auf den Weg, um die Wohnung seines ehemaligen Kollegen Paolo Monti zu durchsuchen. Laut seiner Personalakte wohnte er seit seiner Versetzung in Bracciano. Sein Partner Enzo begleitete ihn. Als sie in der Via Benedetto ankamen, beschlich Alessio ein ungutes Gefühl. Vorsichtig betraten er und Enzo das Treppenhaus. Paolo hatte im zweiten Stock gewohnt. Nachdem sie in den Briefkasten geschaut hatten, der leider leer war, gingen sie nach oben. Beide hatten ihre Dienstwaffen gezückt, als sie vor der Wohnungstür des Verstorbenen standen. Die Tür stand weit offen, und man sah auf den ersten Blick, dass die Wohnung auf den Kopf gestellt worden war. Im Wohnbereich waren sämtliche

Schubladen aufgerissen, die Schranktüren standen offen und der Inhalt aller Möbelstücke lag wahllos auf dem Fußboden verstreut. Auch in der Küche bot sich ein arges Bild rücksichtsloser Zerstörung. Die beiden Ermittler mussten sich ihren Weg über zerschlagenes Geschirr und Glas hinweg bahnen. Nicht besser sah es im Schlafraum aus. Dort türmten sich die Kleidungsstücke auf dem breiten Bett und dem Fußboden. Der Schreibtisch des Toten war offensichtlich ganz besonders gründlich durchsucht worden. Natürlich fehlte auch der Laptop von Paolo Monti. Außerdem hatten die Gangster alle Schriftstücke mitgenommen, derer sie habhaft werden konnten.

„Ruf die Spurensicherung an, obwohl ich nicht glaube, dass die hier noch viel ausrichten können", bat Alessio seinen Kollegen Enzo. Der zückte sofort sein Smartphone, und nachdem die Kollegen eingetroffen waren, verließen die beiden Ermittler diesen traurigen Ort.

Irgendwann, die Sonne stand schon hoch

am Himmel, erwachten Gianna und ich. Wir streunten noch ein bisschen rum, und dann wurde es für sie höchste Zeit nach Hause zu gehen, weil ihre Katzenmama immer sehr besorgt um sie ist. Ich war inzwischen auch hungrig, deshalb habe ich mich ebenfalls nach Hause getrollt. Alessio war da, und nachdem ich ihn recht nachdrücklich dazu aufgefordert hatte, meinen Fressnapf wieder zu füllen, tat er mir den Gefallen.

„Heute ist ein sehr trauriger Tag...", begann er.

Natürlich wusste ich genau wovon er sprach, aber das konnte er ja nicht wissen. Deshalb rekapitulierte er den Tag noch einmal, indem er mir alles erzählte, was bisher geschehen war. Da Alessio seinen Kollegen Paolo gekannt und geschätzt hatte, war es für ihn sehr schlimm gewesen, nun seinen gewaltsamen Tod aufklären zu müssen. Ich spürte sehr deutlich wie bedrückt er war und hörte ihm aufmerksam zu, als er über den Fall sprach. Alessio und sein Partner Enzo hatten beide gleich den Inhaber der schmuddeligen Bar am Hafen in Verdacht. Damit lagen sie ja gar nicht so falsch.

„Der ist vorbestraft, aber wir konnten ihm bisher nichts Konkretes nachweisen", berichtete er.

Matteo und seine Jungs wollten den Barbesitzer ja im Auge behalten. Aber ob das Alessio etwas nützen würde? Wenn er zu Violetta ging, würde ich mich mit den Anderen treffen. Zunächst dachte ich, Alessio wollte heute zuhause bleiben, aber dann machte er sich doch auf den Weg zur Eisdiele. Ich ging mit, in der Hoffnung, unterwegs eventuell Gianna zu treffen. Leider war das nicht der Fall, aber Violetta freute sich, mich einmal wieder zu sehen. Sie zog gleich eine Tüte mit Leckerlis aus ihrer Rocktasche, da konnte ich mich natürlich nicht so schnell verabschieden. In der Eisdiele war an diesem Abend nicht viel los. Alessio setzte sich draußen an einen Tisch, und kurze Zeit später kam Violetta auch raus und setzte sich zu ihm. Um die letzten Gäste würde Mario sich kümmern, meinte sie.

„Möchtest Du etwas trinken?", erkundigte

sie sich.

„Nein danke, vielleicht später", erwiderte Alessio.

Dass man im Hafen eine Leiche gefunden hatte, wusste Violetta bereits. Solche Dinge verbreiten sich wie ein Lauffeuer in einer so kleinen Stadt wie Sirmione. Natürlich versuchte sie von Alessio mehr darüber zu erfahren, aber er erzählte ihr nicht mal die Hälfte von dem was er mir anvertraut hatte. Ich sah, wie Violetta sich bekreuzigte und laut ausrief: „Es hat einen Kollegen von Dir erwischt? Madonna, welch ein Unglück!"

Dann beschwor sie ihn, auf jeden Fall auf sich aufzupassen. Alessio versprach es ihr hoch und heilig. Gleich würden die zwei sicher wieder zu turteln beginnen. Da war ich ohnehin überflüssig, und so machte ich mich auf die Pfötchen, um mich endlich mit Matteo und den Anderen zu treffen. Zunächst lief ich zum Hafen. Dort sah ich Danilo, der die schäbige Bar bewachte.

„Ist etwas passiert?", fragte ich ihn.

„Nein, nur, dass außer einigen Matrosen zwei Männer in schwarzen Anzügen in die

Bar gegangen sind."

Danilo hatte mutigerweise sogar versucht, mit ins Haus zu schlüpfen, aber der Inhaber der Bar hatte es gesehen und ihn ziemlich roh verjagt.

„Stell Dir vor, er hat mich als haarige Flohfalle beschimpft", erregte er sich.

Verständlicherweise hatte er danach kein zweites Mal versucht, mit ins Haus zu gelangen. Aber er hatte dennoch eine wichtige Entdeckung gemacht, denn genau wie der Bärtige hatte der Barbesitzer eine tätowierte Schlange auf dem Arm.

„Das habe ich ganz genau gesehen", maunzte er aufgeregt.

Das musste einfach etwas zu bedeuten haben! Bestimmt gehörten die beiden zu einer kriminellen Organisation, deren Mitglieder sich an diesem Tattoo erkennen konnten. Ob Alessio das wusste? Bestimmt, denn er hatte ja gesagt, dass der Barbesitzer der Polizia durchaus bekannt war. Den Bärtigen hatte Alessio nicht erwähnt, vermutlich wusste er nichts von dessen Existenz. Aber er war der Mörder, sein Kumpel aus der schäbigen Bar war nur sein Komplize. Egal, Dreck am Stecken hatten beide sicher genug. Ich schickte Danilo zu Matteo, damit er ihn über seine Entdeckung informieren konnte. Dann legte ich mich auf die Lauer, aber außer einigen schmuddeligen Gästen, die kamen und wieder gingen, geschah nichts wirklich Aufregendes. Schließlich wankte auch der letzte Matrose aus der Bar, und kurz darauf sah ich, dass der Besitzer die Tür schloss und sich auf den Heimweg machte. Vorsichtig schlich ich hinter ihm her. Wie vermutet, ging er in die Altstadt und verschwand im gleichen Haus wie am Abend zuvor. Heute würde bestimmt nichts mehr passieren, da war ich mir sicher. Aber es war eine sternenklare, laue Nacht. Eventuell konnte ich Gianna doch finden und sie überreden mit mir noch ein nettes Stündchen zu verbringen. Vielleicht wartete sie sogar an unserem geheimen Treffpunkt. Der Gedanke daran beflügelte mich regelrecht, und so machte ich mich schleunigst auf den Weg, um Ausschau nach ihr zu halten.

Am nächsten Tag erfuhren Alessio und Enzo, dass die Obduktion von Paolo bestätigt hatte, was sie schon auf den ersten Blick vermutet hatten. Er war erstochen worden.

„Aber er muss sich vorher geprügelt haben, sein ganzer Körper war grün und blau", ergänzte die Pathologin.

Auch sie hatte Paolo Monti gekannt und gemocht. Er war immer sehr umgänglich und freundlich gewesen, daher bedauerten alle Kollegen seinen Tod. Sie wollten eine Sammlung veranstalten, um einen Kranz für seine Beisetzung zu kaufen, erzählte sie Alessio und Enzo. Signorina Antonella war noch nicht da, als die beiden ihr Büro betraten. Wenig später stürzte sie aufgeregt in den Raum.

„Entschuldigen Sie meine Verspätung", keuchte sie. „Ich stand gestern so unter Schock, dass ich Migräne bekam und habe eine Schlaftablette genommen, daher kam ich heute früh nur schwer aus den Federn. Aber dadurch war ich noch zuhause, als die Post kam, und ich habe den Briefkasten geleert, bevor ich mich auf den

Weg hierher gemacht habe. Schauen Sie, es ist ein Brief von Paolo! Es steht kein Absender darauf, aber ich habe seine Schrift sofort erkannt", berichtete sie. „Er hatte offenbar meine Hausnummer nicht mehr richtig im Kopf oder war in größter Eile, denn er hat statt der neunzehn die Nummer neun darauf geschrieben. Aus dem Grund muss das Schreiben erst einmal zurückgegangen sein, aber nun hat es mich zum Glück doch erreicht", schloss sie und hielt Alessio den Brief entgegen.

„Warum haben Sie ihn nicht geöffnet?", fragte er verwundert.

„Ich konnte es einfach nicht", gestand sie verlegen.

Und wieder schimmerten Tränen in ihren schönen Augen. Alessio nahm schnell den Brieföffner von seinem Schreibtisch zur Hand und schlitze den Umschlag äußerst vorsichtig auf.

„Darf ich...?", fragte er vorsichtshalber noch einmal.

Signorina Antonella nickte nur wortlos. Während Commissario Alessio einen Briefbogen daraus hervor zog, kullerte ihm gleichzeitig ein flacher Computerstick entgegen. Sein Partner Enzo hob ihn schnell auf.

„Sieh an. Darauf sind bestimmt einige sehr interessante Informationen gespeichert", rief er aufgeregt.

„Ganz sicher", bekräftigte Alessio. „Hier steht, dass er Ihnen, Signorina Antonella, den Stick schickt, weil er ihn in sicheren Händen wissen möchte. Er bittet Sie gut darauf aufzupassen, und ihn im Zweifel an uns auszuhändigen. Außerdem verspricht er Ihnen sich baldmöglichst zu melden und sendet Ihnen herzliche Grüße", wandte er sich an die zitternde Signorina Antonella. Dann reichte er ihr das Schreiben. Sie warf einen kurzen Blick darauf und gab es ihm zurück.

„Dieser Brief ist ein Beweisstück oder?", fragte sie traurig.

„Ja, aber später erhalten sie ihn. Für unsere Akten reicht in dem Fall sicher eine Kopie", beruhigte Alessio sie. „Immerhin ist das sein letzter Gruß an Sie."

„Dankeschön", brachte sie mit Mühe heraus.

„Setzen Sie sich doch erst mal", schlug Enzo ihr vor.

Dann steckte Alessio den Stick in seinen Computer und alle schauten gebannt auf den Bildschirm. Aber zunächst kamen sie nicht weiter, denn Paolo Monti hatte die Daten geschickt verschlüsselt, falls der Stick in falsche Hände geraten wäre. Er hatte wirklich an alles gedacht und sich abgesichert so gut er konnte.

„Er muss etwas geahnt haben, sonst hätte er dieses Beweisstück sicher nicht an Sie gesandt, Signorina Antonella. Haben Sie eine Ahnung, welches Passwort er benützt haben könnte?"

Ratlos schüttelte sie den Kopf.

„Wenn wir den Stick unseren Experten geben, dann finden die es sicher raus, aber das kann dauern. Versuchen wir es erst mal selbst", meinte Enzo.

Zunächst probierten sie es mit dem Geburtsdatum von Paolo Monti.

„Fehlanzeige", stöhnte Alessio.

„Wie war der Vorname seiner Mutter?", fragte Enzo.

„Du denkst...?"

„Vielleicht, einen Versuch ist es jedenfalls wert!“

„Er hat mir einmal erzählt, dass er als Kind einen Hund hatte, an dem er sehr gehangen hat. Der hieß Tayo.“

„Gut probieren wir es einmal damit.“

Es geschah wieder nichts, und auch der Vorname seiner Mutter ergab keinen Treffer. Nachdem sie es mit einigen weiteren Stichworten vergeblich versucht hatten, fiel Signorina Antonella ein: „Er hat mich öfter Nella genannt, vielleicht versuchen Sie es damit.“

Eifrig tippte Commissario Alessio die fünf Buchstaben ein.

Der Computer gab einen ratternden Laut von sich und dann erschien eine lange Datei.

„Bene! Wir sind drin!“, verkündete er zufrieden.

„Sie müssen ihm viel bedeutet haben“, sagte Alessio, mit einem Seitenblick zu seiner Sekretärin.

„Vielleicht doch mehr als ich dachte“, antwortete sie unsicher.

Der Stick enthielt eine Menge brisanter

Informationen, die Paolo Monti akribisch aufgelistet hatte. Es ging um Geldwäsche und Steuerhinterziehung im großen Stil. Commissario Alessio und sein Kollege Enzo staunten sehr, wie viele bekannte Persönlichkeiten darin verwickelt waren. Auch der Name des Besitzers der Bar im Hafen tauchte einige Male darin auf. Hinter der unscheinbaren Fassade seiner schmuddeligen Kaschemme hatte er Geldwäsche betrieben, und Paolo war dahintergekommen. Leider konnte er sein Wissen nicht mehr preisgeben. Aber er musste geahnt haben, dass man ihm auf der Spur war.

„Da kommt sicher einiges auf uns zu", befürchtete Enzo.

„Stimmt, aber das ist zum Glück nicht unsere Aufgabe, wir müssen den Mord an ihm aufklären. Am besten fangen wir mit dem Besitzer der Hafenbar an. Komm!", forderte Alessio seinen Partner auf.

Der griff nach seiner Jacke, steckte seine Waffe ein und die beiden stürmten aus dem Büro.

Gianna und ich hatten eine wunderbare Nacht miteinander verbracht. Der Mond hing rund und strahlend über dem alten Castello, und nachdem wir zuerst durch die Gassen gestreift waren, hatten wir uns dort niedergelassen. Erst als der Morgen graute, trennten wir uns. Gianna würde ohnehin Ärger bekommen, weil sie die Nacht nicht zuhause verbracht hatte, da wollte sie wenigstens daheim auftauchen, bevor ihre Katzenmama zu ihrer Arbeit aufbrach, denn wenn sie schon fort war, bekam sie kein Frühstück mehr. Aber zum Glück war Alessio daran gewöhnt, dass ich ab und zu auch über Nacht fortblieb, daher machte ich mich erst mal wieder auf den Weg zum Hafen. Ich ahnte, dass einer der Bande auf jeden Fall dort zu finden sein würde. Als ich ankam, traf ich Matteo, der die Bar bewachte. Als er mich sah, gähnte er herzhaft und sagte: „Es war eine ruhige Nacht, aber ich denke, der Barbesitzer wird gleich kommen. Er räumt meistens morgens auf, vor allem, wenn es am Vortag spät geworden ist."

„Soll ich Dich ablösen?", fragte ich ihn.

„Nee, lass mal. Ich habe die Anderen auch herbestellt, damit wir überlegen können, wie es weitergeht", maunzte er zurück.

„Hast Du die Tonnen denn schon mal nach brauchbaren Essensresten durchsucht?"

„Nein, aber das ist eine gute Idee", gab er zurück.

Inzwischen war ich sehr hungrig, denn schließlich hatte ich auch seit einigen Stunden nichts gefressen. Leider erwies sich der Inhalt der Mülltonnen an diesem frühen Vormittag als nicht sehr ergiebig.

„Aber hier gibt's auch viele Mäuse und Ratten, bestimmt läuft uns früher oder später eine über den Weg", tröstete Matteo mich. Und richtig, es dauerte nicht lange, und eine fette Ratte lugte vorsichtig um die Ecke, die war sicher auch auf Futtersuche. Wir verhielten uns ganz still, und dann griffen wir beide gleichzeitig an. Eine genaue Schilderung des Kampfes erspare ich meinen Lesern wohl besser, jedenfalls verteidigte sich die Ratte wirklich äußerst tapfer, aber gegen zwei ausgewachsene, hungrige und zu allem entschlossene Kater hatte sie am Ende keine Chance. Matteo und ich teilten unsere Beute brüderlich miteinander. Dann legten wir uns wieder auf die Lauer, um auf die Anderen zu warten. Als Erster erschien der schwarze Tino, dicht gefolgt von Luca und Danilo. Wir wollten gerade mit unserer Konferenz beginnen, da tauchte der Besitzer der Bar auf. Er schien in Eile zu sein, denn er schenkte uns keine Beachtung, sondern verschwand gleich im Inneren des Hauses. Wenig später hielt ein dunkles Auto mit quietschenden Reifen ebenfalls vor der Bar, und zu meinem grenzenlosen Erstaunen, sprangen Enzo und Alessio heraus. Offenbar waren sie den Gangstern auch ohne unsere Hilfe auf die Spur gekommen. Beide zückten ihre Waffen und betraten die Bar. Dabei ließen sie die Eingangstür einen Spalt breit offen, und so konnten wir unbemerkt mit hineinschlüpfen. Als Erstes hörten wir die Stimme von Alessio: „Fabio Zamparone, Sie sind festgenommen!"

Es klickte, und dann stand der Ganove in Handschellen vor Mario und Alessio.

„Warum?", fragte der Beschuldigte knapp.

„Das sollten Sie mindestens so gut wissen wie wir. Uns liegen stichhaltige Beweise vor, dass Sie in Ihrem Laden Geldwäsche betrieben haben. Außerdem ist ein Kollege von uns getötet worden, und wir vermuten, dass Sie an der Tat ebenfalls beteiligt gewesen sind."

„He, einen Moment mal...", begann der Festgenommene.

„Ja?"

„Ich bin dazu gezwungen worden, und mit dem Mord habe ich nichts zu tun, das schwöre ich bei der Madonna!", versuchte der Barbesitzer zu lamentieren. „Wenn ich Ihnen hier und jetzt den Mörder liefere, gibt es dann für mich die Möglichkeit einer Kronzeugenregelung?"

Ganz schön dreist, fand ich diese Frage. Wir hielten den Atem an vor Spannung. Alessio und Enzo sahen den üblen Kerl überrascht an.

„Versprechen können wir Ihnen nichts, das muss letztendlich der Staatsanwalt entscheiden", meinte Alessio, und Enzo nickte. „Wie soll das denn gehen?"

„Zuerst müssen Sie mir zusichern, dass ich

glimpflich davonkomme, sonst sage ich gar nichts mehr."

„Wir können Ihnen zusichern ein gutes Wort für Sie einzulegen, mehr nicht", beschied Alessio ihn knapp.

„Also gut. Aber wir müssen uns beeilen, denn ich denke, er wird bald hier auftauchen. Wir wollen es möglichst vermeiden zusammen gesehen zu werden. Ich soll ihn auszahlen, dann wird er verschwinden. Und ich kenne nur seinen Vornamen, Salvatore. Er ist ein bezahlter Killer. Er kam aus Milano und sollte sich um die Sache kümmern. Ob sein Name allerdings wirklich Salvatore ist, das kann ich nicht sagen. So hat er sich mir jedenfalls vorgestellt. Nachdem Paolo aufgeflogen war, kam Salvatore hierher und begann in der Bar gezielt einen Streit mit ihm. Salvatore hat gewartet, bis kein anderer Gast mehr da war. Zu der Zeit wusste ich allerdings noch nicht, dass es sich um ein abgekartetes Spiel handelte. Zuerst habe ich noch versucht einzugreifen und den Streit zu schlichten, weil ich nicht wollte, dass die zwei eine Prügelei anfangen und mein Mobiliar zerschlagen würden. Anfangs habe ich nicht viel aufgeschnappt, weil die beiden an einem Tisch in der Ecke saßen, aber als sie immer lauter wurden und das Wort Verräter fiel, bin ich schnell hellhörig geworden. Und spätestens dann wird Paolo auch gemerkt haben, dass etwas faul war, denn er stand auf und versuchte zu fliehen, aber Salvatore hat ihn eingeholt. Draußen gerieten sie in ein Handgemenge, das habe ich vom Fenster aus beobachtet, mich dann aber lieber zurückgezogen. Sie wissen ja selbst, manchmal ist es besser, wenn man nicht zu viel weiß. Kurz darauf hörte ich ein lautes Klatschen und ahnte was geschehen war. Mit einem Auftragsmord wollte ich nichts zu tun haben, aber gleich darauf kam Salvatore wieder rein und sagte: „So, der Fall ist erledigt, und Du wirst Deine Schnauze halten, kapiert? Da wusste ich endgültig Bescheid."

„Haben Sie den Mord gesehen?", hakte Alessio nach.

„Nein, nicht direkt. Außerdem hatte ich gehofft, dass Salvatore sich anschließend sofort verdrücken würde. Aber er meinte, in der Nähe des Tatortes würde ihn niemand vermuten, deshalb hat er mich dazu gezwungen ihm Unterschlupf zu gewähren, bis der Kurier mit seinem Geld eingetroffen war."

„Und haben Sie das Geld?"

„Nein, aber ich erwarte die Lieferung jeden Moment. Sobald ich es habe, muss ich Salvatore anrufen, dann kommt er, holt es ab und wird von hier verschwinden. So ist es abgesprochen."

„Das heißt, gleich wird jemand kommen, um Ihnen das Geld vorbei zu bringen", vergewisserte Alessio sich.

Der Barbesitzer nickte. „Eigentlich müsste der Kurier längst hier sein, aber vielleicht hat er Ihren Wagen gesehen, hat Lunte gerochen und ist deshalb lieber wieder abgehauen."

„Das glaube ich nicht, wir sind doch nicht mit einem Dienstwagen gekommen", sagte Enzo.

In dem Moment klingelte das Telefon in der Bar.

„Nun gehen Sie schon ran", befahl Alessio.

199

„Aber kein verkehrtes Wort, ich warne Sie!"

Während er das sagte, zog er wieder seine Waffe und hielt sie dem Barbesitzer an die Stirn. Mir wurde fast übel; so streng und unerbittlich hatte Alessio mit mir noch nie gesprochen. Ich kannte ihn bis zu dem Moment ja nur als meinen geliebten Katzenpapa. In Ausübung seines Dienstes hatte ich ihn noch nie erlebt. Er nahm den Hörer von der Gabel und hielt ihn dem Gefangenen ans Ohr.

„Pronto?", meldete der sich kurz. „Si, alles klar", hörten wir ihn sagen und dann war das Gespräch beendet.

„Salvatore wird langsam ungeduldig und will jetzt schnellstens weg. Deshalb wollte er sich vergewissern, ob die Luft rein ist. Er wird gleich hier sein", sagte er.

„Dann haben wir keine Zeit mehr um Verstärkung anzufordern", meinte Enzo bedauernd.

„Stimmt, aber das schaffen wir auch allein", antwortete Alessio.

Dann schärften sie dem Barbesitzer ein, dass er sich auf gar keinen Fall etwas anmerken lassen durfte und nahmen ihm die Handschellen wieder ab. In unserem Versteck war es entsetzlich staubig, und ich musste schon eine ganze Weile ein Niesen unterdrücken, was mir zum Glück gelang. Ich glaube, wir waren alle äußerst erregt, nur Danilo nutze die Gelegenheit sich ausführlich zu putzen. Ob er den Ernst der Lage nicht erkannt hatte? Aber wir ignorierten sein Verhalten.

„Machen Sie keine Dummheiten. Unsere Waffen sind auf Sie gerichtet", erinnerte Alessio den Barbesitzer noch einmal. Der nickte nur ergeben, er wusste was für ihn auf dem Spiel stand. Wenn er halbwegs unbeschadet aus dieser schlimmen Sache herauskommen wollte, dann musste er mit den Polizisten zusammenarbeiten, das war ihm völlig klar. Dann verschwanden Enzo und Alessio aus unserem Blickfeld. Nur wenige Augenblicke später betrat ein Mann in einem eleganten dunklen Anzug und einem hellen Schal um den Hals geschlungen die Bar. Ich spürte, wie sogar Matteo, der neben mir kauerte, zu zittern begann. Der schwarz gekleidete Besucher ging auf den Barbesitzer zu und öffnete den Koffer, den er in der Hand hielt. „Fünfhunderttausend Lira, wie vereinbart", hörten wir ihn sagen.

Dann ging alles ganz schnell. Alessio und Enzo sprangen gleichzeitig aus ihrem Versteck hervor, und nahmen den Ganoven fest. Der stieß einen kräftigen Fluch aus, und funkelte den Barbesitzer böse an. Enzo zückte sein Smartphone und rief auf der Dienststelle an. Er bat um Verstärkung, aber die Kollegen sollten in Zivil und mit ihren privaten Autos kommen, damit der Bärtige, wenn er kam, sie nicht erkennen würde. Der zweite Verhaftete wurde in der Zwischenzeit von Alessio in den Keller des Gebäudes gebracht. Vorsichtig schlich ich hinterher. In dem alten Gemäuer würde ihn wohl kaum jemand hören, falls er versuchen würde, den Bärtigen zu warnen. Aber dann sah ich, das Alessio sich offenbar nicht zu fest darauf verlassen wollte, denn er zog ein sauberes Taschentuch aus der Hosentasche und steckte es dem Mann in den Mund. Dann band er ihm noch seinen eigenen Schal darüber, sodass er den Knebel auf keinen Fall ausspucken und schreien konnte. Alessio vergewisserte sich sorgfältig, dass sein Gefangener noch ohne Probleme atmen konnte, und dann verließ er den dunklen Keller und schloss die Tür ab. Ich musste mich ranhalten, damit ich mit raus kam, sonst hätte er mich glatt eingesperrt. Es fehlte ohnehin nicht viel, und er hätte mich gesehen. Später erfuhr ich von den Anderen, dass der Barbesitzer in der Zwischenzeit den Bärtigen angerufen und ihm gesagt hatte, sein Geld wäre da. Als Alessio und ich wieder nach oben kamen, sagte Enzo: „Der Killer ist auf dem Weg hierher. Er wird gleich da sein."

„Gut", sagte Alessio ruhig. „Sie wissen, was Sie zu tun haben", sagte er zu dem Festgenommenen, aber der würdigte ihn keiner Antwort mehr, sondern schwieg trotzig. Kurz darauf klingelte Alessio´s Smartphone, und wir hörten, wie er seinen Kollegen draußen noch ein paar Anweisungen gab.

„Sie sind jetzt da, ganz in der Nähe", informierte er Enzo.

Die Beamten sollten nach dem Bärtigen Ausschau halten, und ihn anrufen, sobald er auftauchte. Die Spannung wurde langsam unerträglich, fand ich. Danilo hatte inzwischen aufgehört sich zu putzen, aber nun begann der schwarze Tino damit, seinen Pelz zu bearbeiten, und auch Matteo fuhr sich einige Male nervös mit seiner rosigen Zunge über das getigerte Fell. Luca und ich sahen uns nur an. Ich wusste, was in den Anderen vorging. Wir waren hier, weil wir Alessio und Enzo helfen wollten, aber wie, das war uns noch nicht ganz klar. Das erneute Klingeln von Alessio´s Smartphone riss uns alle aus unserer Schockstarre.

„Si grazie", sagte er knapp und legte auf. „Sie machen besser keine Dummheiten!", warnte er seinen Zeugen, bevor er und Enzo sich erneut zurückzogen. Dann betrat der Bärtige den Raum. Unsicher und vorsichtig sah er sich um, bevor er näher kam. Der Koffer mit dem Geld lag geöffnet auf dem breiten Tresen, und er ging zielsicher darauf zu. Noch war kein Wort zwischen den beiden Männern gefallen.

„Jetzt bist Du mich bald los", sagte er zu dem Barbesitzer und griff nach dem Koffer. Dann ging alles ganz schnell. Matteo und ich preschten als Erste vor, bevor der Bärtige den Koffer schließen und damit abhauen konnte. Dann hatten auch der schwarze Tino, Luca und Danilo unsere Absicht begriffen, und der Bärtige wurde von fünf Katzen gleichzeitig angegriffen. Erschrocken ließ er den schwarzen Lederkoffer fallen, und die Geldscheine wirbelten durch den ganzen Raum. Matteo sprang auf seine Schulter und versetzte ihm mit ausgefahrenen Krallen einen kräftigen Hieb nach dem anderen. Ruck zuck war der spiegelblanke Kopf des Mörders völlig zerkratzt und blutete heftig. Ich war auf seine andere Seite gesprungen, um ihn von dort aus zu attackieren. Luca sprang ebenfalls an ihm hoch und versuchte ihn ebenfalls zu beißen, während Danilo und Tino sich seine nackten Beine, die in kurzen Hosen steckten, vornahmen. Die lauten Schreie des Bärtigen gellten durch den Raum.

„Dich machen wir fertig!", schrie Matteo und keuchte. Natürlich verstanden nur wir Katzen sein aufgeregtes Maunzen. Alessio, Enzo und auch der Barbesitzer schienen von unserem Überfall auf den Mafioso wie gelähmt. Mit vierbeiniger Verstärkung hatten sie bestimmt nicht gerechnet. Der Glatzkopf schrie inzwischen unaufhörlich vor Schmerzen, und das Blut strömte aus etlichen Wunden. Erst nach einer langen Schrecksekunde griffen Alessio und Enzo ein, ehe wir den Übeltäter noch weiter zurichten konnten. Schade, er hatte es verdient!

„Rocco, wie kommst Du hierher?", fragte Alessio erstaunt, als er mich erkannte. Aber natürlich konnte und wollte ich ihm das nicht erklären. So setzte ich mich vor ihn hin und sah ihn nur an.

„Darüber reden wir noch, aber zuhause", sagte er grinsend zu mir. Da wusste ich, er würde nicht mit mir schimpfen - warum auch? Dann zog Enzo sein Smartphone aus der Tasche, rief die Kollegen an und bat sie hierher zu kommen.

„Ihr könnt die drei jetzt einsammeln und

mitnehmen", sagte er.

Dann wandte er sich an Alessio: „Ich hole noch schnell den Kerl aus dem Keller hoch."

Schon stürmten mehrere Sergentes die Bar und dann wurden die drei Verbrecher in Handschellen abgeführt.

„Was war denn hier los?", erkundigte sich einer der Beamten.

„Das wüssten wir selbst gern", meinte Alessio. „Wir hatten Hilfe", erklärte er grinsend und wies auf mich und meine Freunde. Matteo und die Anderen zogen es allerdings vor, sich nach diesem Tumult schnellstens zu verdrücken. Einer nach dem anderen schlängelte sich lautlos durch die Beine der Polizisten hindurch, während ich sitzen blieb. Ich würde sie bestimmt in der Nacht treffen, und ihnen berichten wie es weitergegangen war. Natürlich brannte ich auch darauf, meiner süßen Gianna von diesem schier unglaublichen Abenteuer zu berichten.

„Na, Du bist mir ja ein schöner Held", lobte Alessio mich.

Dann versprach er mir für zuhause ein

extrafeines Leckerli. „Schade, dass wir Deine Freunde nicht auch belohnen können", bedauerte er.

Aber da würde mir schon etwas einfallen. „Du scherst Dich jetzt aber auch nach Hause", befahl Alessio mir in strengem Ton. Und in dem Fall hielt ich es für angebracht, ihm gleich und widerstandslos zu gehorchen.

Zu meinem Glück traf ich Gianna eher als gedacht. Sie saß auf der Kaimauer und putzte sich. Sie hatte geahnt, dass ich wieder zum Hafen laufen würde und war mir gefolgt, obwohl ich ihr das streng verboten hatte. Aber sie ist eben eine neugierige Katze. Zum Glück war sie wenigstens doch so vernünftig gewesen zurückzubleiben, als sie sah, dass Matteo und die Anderen auch hier waren. So hatte sie nur einen kleinen Teil des Geschehens mitbekommen. Was sich dann in der Bar abgespielt hatte, das wurde ihr von Matteo berichtet, während ich noch eine Weile am Tatort geblieben war.

„Ich habe mir große Sorgen gemacht",

rechtfertigte sie sich, als ich ihr vorhielt, dass sie nicht auf mich gehört hatte. Das rührte mich, deshalb konnte ich ihr nicht lange böse sein. Und so liefen wir in schönster Eintracht zurück nach Hause.

Bis Alessio aus der questura nach Hause kam, das dauerte an dem Tag allerdings ziemlich lange. Ich dachte schon, ich müsste verhungern oder notfalls auf Mäusejagd gehen, als ich sein Auto kommen hörte. Natürlich begrüßte ich ihn überschwänglich, um ihn schnell an meine versprochene Belohnung zu erinnern. Aber wie sich herausstellte, war das zum Glück vollkommen unnötig. Er ging sofort in die Küche und holte meine Lieblingsleckerlis hervor. Stellt Euch vor, er schüttete die ganze Tüte auf einmal in einen Napf. Dann servierte er mir mein reguläres Abendessen noch zusätzlich. So etwas Unerhörtes war noch nie vorgekommen! Ich nahm mir vor, mindestens die Hälfte der Leckerlis für Matteo und die Anderen aufzuheben. War doch großzügig von mir oder?
„Die hast Du Dir redlich verdient!", sagte

Alessio, bevor er sich frisch machte und dann selbst zu Abend aß. Später wollte er zu Violetta, um ihr alles zu berichten. Sie würde ganz sicher erstaunt sein, so lange Jahre mit einem kriminellen Nachbarn fast Tür an Tür gewohnt zu haben. Gianna wartete schon auf mich, als ich aufbrach, um mich auf die Suche nach Matteo und seiner Bande zu machen. Dieses Mal ließ Gianna es sich von vorn herein nicht nehmen mich zu begleiten. Wir nahmen an, dass wir Matteo und seine Freunde in der alten Fabrik finden würden, und so war es auch. Freudig wurden Gianna und ich von den Anderen begrüßt.

„Ich habe von Alessio viele Leckerlis gekriegt, die kann ich gar nicht allein auffressen. Ich möchte sie mit Euch teilen, los kommt alle mit", rief ich.

Und natürlich ließen sich meine Freunde das nicht zwei Mal sagen. So schnell uns die Pfoten trugen liefen wir alle zurück. Gianna hatte Mühe mitzukommen, aber sie hielt sich tapfer. Und wie habe ich mich gefreut, als ich sah, dass Matteo, Luca, Danilo und der sonst so zurückhaltende schwarze Tino heißhungrig über meine Reste herfielen. Da hatte ich fast ein schlechtes Gewissen, weil ich selbst einen Großteil der Leckerlis gefressen hatte, aber ich kriege ja häufig welche, während meine Freunde nur selten in den Genuss kommen. Wir haben beschlossen, uns ab jetzt regelmäßig zu treffen. Gianna hat mich darum gebeten, auch in unsere Bande aufgenommen zu werden. Aber das muss ich erst mit den Anderen besprechen...

Die Autorin lebt mit ihrem Mann und Kater Tiger in einer kleinen Kurstadt am Rande des Wiehengebirges. Momentan ist sie gerade dabei, ihre dunkle Seite zu entdecken. Das heißt, es wird demnächst noch einige Katzenkrimis geben. Außerdem warten auch etliche andere Projekte der Autorin auf ihre Veröffentlichung.

Bleiben Sie also gespannt und schauen ab und zu auf die Webseite der Autorin. Dort gibt es zu allen Büchern Leseproben unter

www.brigittarudolf.jimdo.com

mail: brigitta-rudolf@gmx.de

Bisher von Brigitta Rudolf erschienen:

Katze für Anfänger
ISBN 9783 735 774 316

Jonny Appetito, ein Kater wie er im Buche steht
ISBN 9783 734 791 321

Pfötchenspuren
ISBN 9783 741 288 197

Katzenträume
ISBN 9783 744 832 960

Vier schwarze Pfötchen und ein langer Schwanz
ISBN 9783 752 888 072

Ciao Bello
ISBN 9783 749 429 349

Wussten Sie, dass Dornröschen eine Katze hatte?
ISBN 9783 746 091 358

Kriminelle und andere Machenschaften
ISBN 9783 744 823 418

Kleine Lebenssplitter
ISBN 9783 746 089 362

Weihnachten … alle Jahre wieder
ISBN 9783 741 288 197

Engel trifft man überall
ISBN 9783 746 013 855

Weihnachtsglück auf leisen Pfötchen
ISBN 9783 748 147 152

Tannengrün, Lichterglanz und Katzenschwanz
ISBN 9783 749 498 314

Mord in unserer kleinen Kurstadt?
Tod in der Kältekammer
ISBN 9783 752 898 897

Oma in Jeans
ISBN 9783 751 901 642

Neues aus der Katzenallee und anderswo
ISBN 9783 751 959 391

Zuhause im Katzencafé
ISBN 9783 752 612 202

Lieber Jonny
ISBN 9783 752 683 516